JEAN-YVES LOUDE

Clara au pays des mots perdus

Collection volubile

Tertium éditions

à la mémoire de Guy Pepino

ISBN 978-2-916132-27-3

Invitation

L'écriture de ce roman a été rendue possible grâce à une résidence d'auteur que m'a proposée l'équipe médicale du Centre Montvenoux de Tarare, dans le Rhône, à l'initiative du Docteur Jean-Pierre Champin et de Maryse Grousson, art-thérapeute.

Depuis plus de vingt ans, le docteur Champin, accompagné du docteur Sami Atallah, psychiatre, anime une équipe spécialisée dans l'accueil de malades Alzheimer à un stade très sévère de la pathologie, notamment ceux qui sont atteints de troubles du comportement.

Dès l'ouverture de l'établissement, les médecins se sont intéressés aux troubles de l'affect et à la communication non verbale.

Les ateliers thérapeutiques, mis en place par l'art-thérapeute Maryse Grousson, la psychologue Audrey Atallah et la psychomotricienne Delphine Grivet, ont assuré une observation privilégiée des malades grâce à des médiations adaptées.

La collecte de ces informations a permis de mettre en place, avec le personnel soignant et accompagnant, des projets personnalisés, et de donner un sens au travail de tous.

Ce roman espère rendre compte des résultats de communication obtenue avec les malades, au-delà de la perte de la verbalisation, par les moyens qu'offrent la peinture, le mouvement, la sensorialité et l'écoute musicale. Peu de documents ont osé franchir la frontière de la phase terminale de la maladie d'Alzheimer qui implique une confrontation avec l'immobilisation des corps et le glissement vers la démence.

En m'invitant à témoigner de cet engagement, le docteur Champin désirait stimuler le courage des familles durement éprouvées par la maladie d'un de leurs proches, et souhaitait mettre en avant les qualités et aptitudes d'un personnel investi quotidiennement dans des soins voués à alléger le chemin vers un terme, jusqu'à ce jour, inexorable.

Je tiens à exprimer ma gratitude à toute l'équipe du Centre Montvenoux, médecins, infirmières, psychologues, maîtresses de maison, aides soignantes qui ont rendu possible ce voyage insolite dans mon parcours littéraire, grâce à leur accueil, dévouement et générosité. Je veux dire la force vitale et l'humanité que j'ai ressenties en franchissant les portes de ce territoire. Mes remerciements s'adressent aussi à Monsieur Gardezi et à sa famille.

1

La situation est simple. Papa a réservé un mois de séjour dans un hôtel club au sud de la Tunisie pour toute la famille : ma mère, lui, mes deux petits frères et moi, Clara. Il a bénéficié de tarifs exceptionnels vu qu'il est chef de l'agence de voyages de la ville. Autrement, jamais nous n'aurions pu partir un mois entier, en Afrique, dans un hôtel avec plage privée, piscine, jeux, gym et attractions. D'ailleurs ça ne nous est jamais arrivé. Partir en vacances était bon pour les autres, les clients de l'agence. Pour nous, le sujet était tabou, un désir qui fâche. Surtout depuis que grand-père s'est installé à la maison… Mais ce matin, finis les problèmes, crevés les tabous, papa a tout résolu d'un coup d'épée magique. Il est là, debout, devant son public, triomphant, avec le sourire du torero exhibant l'oreille du taureau, sauf qu'il brandit des billets Air France. Et Papy, lui, il n'est plus là. Il a été placé dans une sorte d'hôtel club avec plein d'attractions pour son âge. Dans les yeux de mon père, on devine le tracé d'une route droite et ensoleillée qui mène vers la Méditerranée. Ma mère garde un silence prudent. Depuis que le silence est de retour à la maison, elle le garde. Avant c'est Papy qu'elle gardait, avec patience ou irritation, selon les jours. Maintenant que Papy est en pension complète dans son hôtel club, loin, très loin de la Tunisie, elle n'arrive plus à faire la part des choses entre liberté retrouvée et sentiment de culpabilité. Elle sent une boule au fond de la gorge. Alors elle se tait devant les gesticulations de mon père. Elle n'a pas d'avis sur la question : partir ou rester ? La proposition de profiter de la vie n'a pas encore atteint la zone plaisir de son cerveau. Elle se méfie des réactions de son mari. Ne pas s'opposer, aller dans le sens du vent. Et le vent, c'est papa qui le fabrique en agitant les billets d'avion. Quant aux deux singes juniors, je parle de mes frères, ils se roulent par terre. Ils se voient déjà dans le sable, ils écument à gros bouillon de bave sur la moquette. Ils ne situent pas vraiment la Tunisie, mais pour une fois, les parents ne se disputent pas. Alors, eux au moins, ils expriment leur joie. Donc, la situation est simple. Tout est prévu, même l'heure du vol : lundi 6 juillet, 9h15, aéroport Saint-Exupéry. La seule arête dans ce joyeux couscous aux poissons, c'est moi, Clara, car je ne pars pas. Je reste. Je l'annonce d'une voix claire et nette, gentille et très ferme. Je passerai l'été avec grand-père !

Ma déclaration fait l'effet d'une coupure d'électricité en pleine finale du Mondial de foot. Je m'y attendais. Elle est trop brutale pour que mon père émette le moindre son. Il garde les bras levés du gardien de but qui n'a pas vu le ballon entrer dans ses cages. Passe sur son visage un avis de tempête force neuf. Ses traits sont déformés. La joie qui scintillait dans ses yeux comme deux bougies d'anniversaire, s'est éteinte d'un coup, soufflée. Ma mère a joint les mains dans un réflexe de prière pour éviter que le plafond ne nous tombe sur la tête. Et mes frères se sont changés en statues de sel, dos cloué au sol. Ils croyaient que les tornades qui ont secoué la famille pendant quatre ans s'étaient éloignées de nos rivages. Erreur ! La météo prévoit un nouvel ouragan. Pas le temps de se mettre aux abris. Une première bourrasque d'exclamations cinglantes et de menaces grondantes traverse le salon, soulève les rideaux. L'adverbe “comment” crépite dans un feu de points d'interrogation. Maman, percutée par l'impact de la foudre paternelle, s'affale sur le canapé en cuir.

- Comment ? Mais tu n'y penses pas !

Oh si ! J'ai mûrement pesé ma décision. J'ai toujours passé mes vacances chez grand-père, puis chez nous avec lui, quand il n'a plus pu vivre seul. Je n'ai pas l'intention de changer nos habitudes sous prétexte qu'il a de nouveau déménagé. Et je ne me vois pas l'abandonner au moment où ses pensées s'effilochent à cause d'une sale mygale, logée dans sa tête, qui grossit à force de gober ses souvenirs un à un comme de vulgaires insectes. J'ai promis de veiller sur lui. Nous avons juré, lui et moi, de rester unis dans l'épreuve en posant nos quatre mains l'une sur l'autre. Grand père m'a affirmé que les Indiens Mic Mac accomplissaient ce pacte de fidélité avant les campagnes guerrières ou la chasse aux bisons. Il racontait déjà tellement d'histoires fantaisistes sur des continents ignorés et des peuples inconnus que je ne l'ai pas vraiment cru. Mais c'était drôle et émouvant. Je me souviens que nous avons fait glisser nos mains l'une sur l'autre, l'une sous l'autre, lentement d'abord, puis à un rythme effréné, dans un halètement d'excitation et une cascade de rires. Le rituel s'est terminé dans ses bras. Ce jour-là, il m'a serrée très fort. Par cette pression insistante, j'ai compris qu'il appelait à l'aide. Je lui ai dit : Tu peux compter sur moi, je ne te lâcherai pas.

- Mais comment... Comment tu peux nous faire ça?

Ma mère supplie mon père :

- Jordi, calme-toi, je n'en peux plus des cris. Clara n'est pas sourde.

Elle a raison, j'entends très bien : ma mère se réjouissait de ces vacances inespérées, tous ensemble sous un bon gros soleil exotique, le calme revenu, elle attendait ce moment avec impatience. Elle l'a bien mérité, ce repos. Après tout ce qu'elle a donné pour le confort de papy, les sacrifices, la dévotion, l'abnégation. C'est vrai. Je ne conteste pas.

- Et alors ?

Justement je prends la relève. Pour qu'elle profite pleinement des cours de gym et d'équitation sans cavaler après des pensées restées en France. Pour qu'elle passe son bras autour de la taille de papa, émue par le scintillement des vagues. Pour qu'elle laisse sa vieille culpabilité dans la cabine de bain et étrenne son nouveau deux-pièces sans complexe.

Je trouve mes arguments convaincants.

Si nous partons tous les cinq en sifflotant “Tchao Papy”, je suis prête à parier que maman va griller sur les braises de l'anxiété comme une daurade sur les charbons ardents d'un brasero. Elle va répéter le mot “devoir” entre chaque brasse et s'accusera de haute trahison avant la fin de la première semaine. De toute façon, les vacances seront gâchées. Et il suffira qu'un voilier cingle à l'horizon pour qu'elle se mette à pleurer.

Oui, c'est vrai, la vue d'un bateau lui procure un chagrin insurmontable parce qu'autrefois, elle travaillait comme comptable dans une entreprise de construction navale. Autrefois, c'est avant que Papy ne se mette sérieusement à dériver et que sa mémoire ne prenne l'eau. Elle était fière de participer à la création de ces voiliers de grande qualité, posés sur l'herbe à la sortie de notre petite ville, à l'entrée de la forêt. Ils étaient très recherchés par les amateurs fortunés. Maman se vantait timidement de l'attention que lui portait un chanteur célèbre qui, à chacune de ses acquisitions, lui proposait une croisière aux îles Marquises pour l'inaugurer. Il plaisantait, mais ça la grisait d'être courtisée par un aventurier qu'on voyait à la télé faire de la publicité pour des paires de lunettes au milieu de vahinés. Il se permettait de l'appeler par son prénom : Milène. Je suppose qu'elle rougissait en lui tendant la facture d'achat du bateau.

Un jour, c'est elle qui a tendu sa démission.

Ce jour-là, nous avons pris ensemble, papa, maman, mes frères et moi, la décision d'accueillir Papy à la maison. Car, dans le village où il s'était retiré et où il faisait toujours figure d'étranger, on l'accusait de troubler la paix séculaire des vignes. Ses voisins traitaient mon père d'inconscient de laisser sans surveillance un vieil homme atteint de délires fréquents et bruyants. Personne n'osait prononcer le nom de sa maladie de peur de l'attraper, de voir sa langue gonfler, son palais se déformer. Papy ne faisait rien de grave, il avait juste pris la manie de l'inauguration. La plupart du temps, il restait tranquille chez lui à rêver, et puis soudain, il sortait inaugurer tout ce qui lui passait par l'esprit : le monument aux morts, un garage, l'école primaire, le cimetière ou la boulangerie... Il faisait des discours véhéments sans se soucier de la présence ou de l'absence de passants. Sans se préoccuper non plus de l'heure de ses allocutions. Ses vociférations contre les armes à feu et les volcans, après minuit, sous la statue du poilu de la guerre de 14, firent déborder le vase (pas très vaste, à mon avis) de la patience des villageois, plus tolérants pour les fêtards éméchés que pour un vieillard égaré. Il fallait réagir vite.

Les parents se sont renseignés et ils ont calculé. Ils se rendirent compte que le salaire de maman était inférieur au coût d'hébergement de Papy dans une maison de repos "digne de lui". Même les singes juniors qui s'initiaient aux joies de la soustraction à l'école saisirent la différence. Pas question de vendre sa maison tant qu'il pouvait avoir envie d'y aller de temps en temps. Nous étions d'accord sur ce point. Maman réunit le conseil de famille pour exposer la situation. Elle prépara une paella royale, le plat préféré de mon père en vertu de son prénom catalan, Jordi, qui en fait n'a aucun rapport avec ses racines beaujolaises. La paella royale a toujours été chez nous le signe d'un événement. Aussi, quand le dernier calmar fut avalé, maman fit tinter son verre avec la lame d'un couteau. Il fallait se préparer à une lourde déclaration. À sa mine plus blanche qu'une voile, nous nous doutions que l'affaire était grave et concernait grand-père. Elle expira une phrase qu'elle semblait avoir retenue dans ses poumons pendant tout le repas : Je quitte le chantier naval à la fin de la semaine, nous irons chercher Papy dimanche, nous le ramènerons à la maison, il vivra avec nous, je le garderai à plein-temps, c'est mieux ainsi.

Quand elle finit de parler, elle semblait vidée, exténuée. Ses yeux écarquillés montraient son propre étonnement d'avoir fait un tel choix et, à la fois, ils nous suppliaient de l'accepter. C'était il y a quatre ans. Depuis, elle pleure quand elle voit voguer un voilier.

- Et le prix du voyage, qu'est-ce que tu en fais ? Tu sais combien ça coûte un mois de séjour au Mahabat Hôtel de Zarzis, pension complète, excursions et animations comprises ? Mademoiselle s'en moque ! Elle jette les dinars par les hublots, elle ouvre la porte de la cage aux oiseaux et laisse les billets s'envoler. Bien sûr, pas de problème, c'est Jordi qui règle. Eh bien non, ça ne se passera pas comme tu crois, Clara !

Ça, c'est mon père tout craché. Il mise sur les grands éclats, les grondements de voix, les mouvements de bras pour balayer contradictions et contrariétés. Mais je le connais depuis treize ans que nous vivons ensemble : c'est un plus que tendre. Je dirais même : un enfant déguisé en adulte qui traîne des habits trop grands pour lui. Je ne le juge pas. Je n'échangerai pas ma jeunesse contre la sienne, même si tout n'a pas été rose pour moi depuis quatre ans, à cause des lubies de

Papy. J'ai vu mon père, si doux quand j'étais petite, se transformer en être irascible, les nerfs à fleur de peau. Il s'est mis à disputer ma mère qui pourtant se dévouait corps et âme à la cause familiale. Corps et âme, je peux l'attester, car non seulement elle occupait l'esprit de Papy en conversant sans cesse avec lui, mais elle l'aidait dans cette délicate opération qu'est la toilette. Papa en était incapable. Il en refusait l'idée avec terreur, comme si on lui demandait de prendre soin d'un boa ou d'un martien gluants. La maladie de son propre père n'était pas seule en cause, il y avait autre chose. Je vais être franche : mon papy que j'aime tant possède un caractère assaisonné à la sauce piment. Il est tout simplement écrasant. Il a la réputation d'être "une montagne qui bouge". D'abord, c'est un géant. J'exagère peut-être : quand on voit un adulte si grand du haut de ses guiboles d'enfant, on a tendance à le prendre pour un colosse. Mais dans son cas, c'est vrai ! En plus, il a un visage d'ogre. Un front barré de sillons profonds, de gros sourcils, des lèvres épaisses, un nez de boxeur africain, des joues dignes d'un trompettiste et une tignasse de lion. D'ailleurs, quand j'ai lu "Le lion" de Joseph Kessel, j'ai cru que c'était Papy qui avait écrit le livre tant l'auteur, sur la photo, lui ressemblait. Je le trouve monstrueusement beau, mais j'avoue, il n'a pas toujours été facile à vivre. Comme tous les héros. Car, pour moi, c'en est un.

Papy n'était pas un baroudeur comme on en croise dans les Bandes Dessinées, tranchant des lianes à la machette. Mais il a vécu longtemps à l'étranger : il dirigeait des Alliances françaises partout dans le monde. Il répétait : J'ai eu le privilège d'être nommé dans des postes lointains tout en semant la culture française à tout vent !... C'était la phrase établie pour résumer sa vie. Et il le prouvait en faisant tourner le globe terrestre devant mes yeux ébahis. Comme la roulette du casino, disait-il en riant, et, chaque fois que la grosse boule s'arrêtait, il criait : Chance ! Il pointait alors du doigt une ville où il avait habité ou qu'il avait visitée. Ça marchait à tous les coups. J'applaudissais. Il récitait des noms de lieux fabuleux que j'écoutais comme des formules magiques d'Indiens guérisseurs ou de chamanes arctiques : Diego Suarez, Moroni, Bujumbura, Oulan-Bator, Valparaiso, Tachkent, Ouagadougou, Buea Town, Agadès, Tombouctou, Boukhara, Récife, Bergen, Maputo, Lubango, Kaboul, Reykjavik... Une seule fois, j'ai vu son regard s'assombrir quand la terre, en s'immobilisant, nous a placés face aux îles du Cap-Vert. Grand-père a hésité, puis a relancé la mappemonde sans prononcer un mot. Rien n'allait plus. Je n'ai pas insisté. Je le savais par mes parents : c'est au Cap-Vert que Carla, ma grand-mère, a disparu.

Cap-Vert, dernière destination.

Voici le peu d'informations que j'ai pu rassembler : grand-père n'a pas seulement collectionné des villes, mais aussi des cœurs. Il tenait à sa liberté de nomade, et aucune Chilienne, Malienne ou Norvégienne n'est parvenue à l'immobiliser. Il passait. Je me doute qu'une "montagne qui bouge" doit provoquer des séismes et laisser derrière elle des âmes sinistrées. Les femmes aimaient ce vagabond insaisissable à la figure de titan. Je les comprends. Il était élégant.

Carla a réussi là où les autres ont échoué. J'ignore son secret car, sur elle, je ne connais rien. Presque rien. Pas une photo, pas un objet ne m'ont jamais parlé d'elle. Au sujet de sa mère, mon père se tait. Il avait quatre ans quand elle a disparu, il dit qu'il ne se souvient plus. Une déferlante l'aurait engloutie au cours d'une excursion dans la seule île déserte de l'archipel du Cap-Vert : Santa Luzia. La mer était calme quand ils ont abordé le rivage grâce à un zodiac. Tous les deux. Grand-père était un navigateur expérimenté. Des amis les attendaient à bord d'un voilier ancré dans la baie et gardaient leur fils, le petit Jordi. À priori, il n'y avait pas de danger. Ils avaient conçu le projet de vivre quelques heures, seuls sur une terre inhabitée, hantée par les mouettes. C'était une promesse de jeunes mariés qui voulaient se faufiler dans un jardin d'éden sans serpent ni pommier, juste pour s'aimer. Carla n'est pas ressortie du paradis. La mer jalouse lui a barré le passage, lui a demandé son dû. Le zodiac s'est retourné au moment du démarrage. La nuit venait. Je me suis renseignée depuis : les déferlantes forment une hydre à sept têtes, six voraces, une clémente. Seule la septième laisse échapper les audacieux. Mais il ne faut pas se tromper dans le calcul, surtout ne pas la rater…

On n'a jamais retrouvé le corps de Carla, ma grand-mère.

Du jour au lendemain, grand-père est rentré en France. Brisé. Il s'est retiré dans un petit village, entre vignes et forêts. Il a écrit, enseigné. Il s'est voûté. Son fils a tenté de grandir à l'ombre courbée du colosse blessé. Pas facile. Mon père a poussé malgré tout, maigre et timide, écrasé sous le poids du passé de l'aventurier. Il n'a jamais ressenti le désir de voyager. Il a obtenu un BTS de Tourisme et Environnement, sans doute pour plaire à son père. Dans son curriculum, on trouve : A décroché un emploi dans une agence de voyages, la seule de notre petite ville. A fini par se hisser à la place de responsable. A vendu à ses clients, plus riches en années qu'en devises, beaucoup d'excursions en cars, mais peu de séjours au Cap-Vert. A épousé ma mère, Milène, comptable. A eu trois enfants, une fille éveillée et deux singes juniors. A donné l'asile à son père atteint d'une perte irrémédiable de la mémoire et de troubles flagrants du comportement. A supporté l'épreuve quatre ans grâce à l'infinie patience de ma mère. A connu le découragement et l'épuisement. A décidé de mettre fin à l'expérience préjudiciable à l'équilibre familial et à l'épanouissement des enfants. A trouvé une solution "définitive" : le placement de grand-père dans une institution spécialisée. A réservé aussitôt cinq séjours dans un hôtel de luxe au sud de la Tunisie pour découvrir le goût de la liberté. A reçu en plein cœur le refus de sa fille Clara de l'accompagner.

- Comment ? Tu veux prendre la relève de ta mère ! Nous, on part se baigner et toi, tu nages dans le sacrifice. Merci pour la culpabilité ! Mais enfin, l'expérience ne t'a pas comblée ? Quatre ans de galère, ce n'est pas suffisant ? Tu ne l'as pas assez vu ? Il te manque déjà ? Ma parole, il a plus d'importance que nous ! Ce cauchemar n'aura pas de fin.

Là, il va falloir jouer serré. Papa est à bout et un tantinet jaloux. Il se laisse tomber sur le canapé qui en soupire de surprise. La tête entre les mains, il se tait. Il attend mes arguments. Il fait de la peine. Maman lui caresse le dos. Pour lui, l'échec est total. En accueillant son père, il espérait un rapprochement, des confidences, une reconnaissance ; il comptait sur des éclairs de lucidité. Trop tard. Il a vite compris : les secrets que grand-père avait entretenus ne sortiraient plus du grand puits de l'oubli. Et lui, Jordi, resterait à jamais le fils d'une mère inconnue, doublement engloutie par la mer et par la mémoire à fond perdu de son père.

Petit à petit, je l'admets, le cauchemar a élu domicile chez nous. Il a pris ses aises. Papy a changé. De calme et renfermé, il a commencé à s'emporter et à crier sans motif apparent. Moi seule arrivait à le calmer. Mais mon père a vécu le pire. Après avoir couvert son fils de son ombre, grand-père s'est mis à le suivre comme son ombre, dans tous ses déplacements. Rien de tel pour épuiser les réserves de patience. Papa s'asseyait, Papy l'imitait. Papa ne pouvait se rendre aux toilettes sans avoir son père sur les talons. Même lire ou regarder la télévision devenait une corvée. Tandis que papa tentait de s'évader, Papy le fixait de ses yeux noirs de juge muet. Quand, soudain, Papy sortait de sa torpeur, il fonçait vers la fenêtre sur cour et criait des discours décousus sur l'avenir des océans ou du vignoble français. Il perdait des mots en route, mais ceux qui lui restaient s'unissaient pour former un sacré bataillon de réclamations. Le voisinage appréciant modérément, il fallut fermer les volets à l'arrière de l'appartement. Nous avons commencé à vivre dans le sombre.

Sombre est un mot qui s'accorde avec sourcils froncés, joues creusées, épaules rentrées. Un air sombre. L'humeur de mon père ne tarda pas à virer au gris.

Les amis se raréfièrent.

Je pense que les adultes ne sont pas courageux. Ils se vantent à l'excès de menus exploits accomplis pour épater la galerie : des moitiés d'étapes du Tour de France à vélo, des quarts de marathon, des bouts d'escalades, des pêches à la friture... Bref. Mais pour les courses de fond de la solidarité, les vraies épreuves de la vie à partager, j'ai noté qu'il y avait beaucoup d'abandons.

Papy mettait mal à l'aise les amis de Milène et Jordi. Je les entendais penser : Ô mon Dieu, voilà ce que je pourrais devenir, moi qui pourtant jouis d'une santé de jeune bouquetin, moi qui batifole comme un joyeux dauphin, moi qui ne peux pas tomber malade et encore moins mourir...

Je lisais la panique dans leurs yeux.

Les amis de mes parents leur offraient des fleurs en arrivant et les assuraient de leur fidélité. Ils mangeaient et buvaient pour vider en même temps que leur assiette et leur verre la pleine marmite des peurs qu'inspire la vie. C'est, à mon avis, pour cela que les adultes se reçoivent : pour parler de tout et de n'importe quoi. Pour se distraire, c'est-à-dire oublier la mort et les soucis, comme on regarde la télé pour se détourner de la réalité. Raté ! La maladie de Papy les obligeait à penser ; elle faisait même voler en éclats les écrans dressés contre les limites de notre condition.

J'ai bien compris en les observant.

Papy participait aux repas. Il aurait été inimaginable de l'exclure. Mais on ne prévenait pas forcément les arrivants, on ne leur donnait pas le mode d'emploi. Et grand-père faisait tout pour cacher son jeu auquel manquaient de plus en plus de cartes. Au début, sa présence massive en imposait. Par politesse, les convives lui posaient des questions. Alors sa nature reprenait le dessus. Le séducteur qu'il avait toujours été se réveillait, se redressait, s'étirait jusqu'à prendre toute la place. Une présence étrangère à la maison libérait Papy de ses inhibitions et il multipliait les compliments, aux femmes surtout, avec une complète assurance et une délicate insistance :

- Vous avez de beaux journaux !

Il voulait dire cheveux.

Je pouffais. L'intéressée se tortillait, gênée, ne sachant si la formule relevait de la poésie ou de la blague de mauvais goût. Grand-père débitait ainsi une liste d'appréciations personnelles sur les tenues vestimentaires des dames au lieu de répondre aux questions sur ses voyages qui le dérangeaient :

- Vous êtes habillée pour toujours !

Pour Papy, c'était un compliment définitif. La trouvaille l'enchantait. Il en riait sans remarquer l'air atterré du mari. Il continuait sur sa lancée :

- On vous remercie d'être à cette table. J'aime les gens bien qui sont dans la...

La phrase restait suspendue. Papy tendait sa paume ouverte dans l'espoir que les convives y lisent le traître mot qui, lâchement, venait de lui échapper.

Ainsi, les amis se raréfièrent et les sorties aussi.

Comment se balader avec un grand-père aussi imprévisible ? Pas question de restaurants ni de parties de campagne, encore moins de vacances. C'est dans ce climat austère et électrique que nous grandîmes, mes frères et moi.

- Clara, tu m'aimes-tu ?

Tiens ! Papa change de tactique. Il pratique la ruse québécoise. Il fait appel à une chanson douce qu'il me chantait pour m'endormir quand j'étais enfant. J'adorais ce moment. Le compositeur, un dénommé Richard Desjardins, murmurait à sa blonde qu'elle était *belle comme paquebot géant dans chambre à coucher.* Je ne saisissais pas bien le sens de la déclaration ; pour moi ça voulait dire beaucoup d'amour. Des tonnes d'amour. Un bateau plein d'amour.

Papa cherche à me ramener sur le terrain de l'affection. Il se croit toujours en concurrence avec son père. Et il voudrait être sûr que je l'aime plus que Papy. Ou que l'immense tendresse que je porte à Papy ne m'empêche pas de l'aimer, lui, Jordi.

- Si tu m'aimes comme *paquebot géant dans chambre à coucher*, tu ne peux pas me faire ça !

Halte là ! Pas de chantage. C'est pour te dire Je t'aime que je reste. Je veux que tu partes, que tu aères ta tête, que tu retrouves la paix. Je ne supporte plus de te voir à l'étroit dans l'aquarium de ta vie. Je refuse que tu te cognes aux parois du bocal, victime d'un géniteur qui a trop fréquenté les océans et abusé de la liberté à tes dépens. Fais-moi confiance. Je suis la seule capable d'apaiser Papy quand il est agité. Permets-moi de l'aider à franchir sa dernière frontière. Je ne peux pas le laisser voyager seul vers cet horizon-là. Il transporte trop de fantômes. Avec moi, ses colères retombent. Il me parle. Il rabâche une étrange géographie du monde. Ça me fascine. Dans ses discours, les pays quittent les continents auxquels ils étaient attachés. Ils dérivent. Ne surtout pas lui faire remarquer. Ne pas le contrarier. J'évite de lui poser des questions qui ressemblent à une vérification. J'arrive à repêcher les pays grâce aux timbres-poste, à les remettre en place en tournant les pages de son album. Il tient à sa collection plus qu'à tout. Il lui arrive de serrer le livre contre lui, comme s'il détenait d'inavouables secrets. Je dois le convaincre de relâcher l'étreinte. Il finit par ouvrir l'album ; il passe un doigt sur les vignettes colorées comme si la pulpe de son index lui permettait de déchiffrer les images de sa propre vie. Ça l'inspire. Parfois il me décrit une scène de son histoire décousue et me la confie ; il m'ordonne de la garder sans rien dire à personne.

Parfois aussi il m'appelle Carla. Ça me trouble, car son regard change. Il n'inverse pas nos prénoms par erreur. Il me prend pour sa femme... Il m'a dit un jour, quand j'étais petite, que je lui ressemblais. J'en ai profité pour exiger une photo de mamy Carla. Il m'a répondu qu'il n'en avait plus. Que j'étais sa photo. Que ça lui suffisait. Que ça le comblait. Que j'étais belle.

De plus en plus souvent, ces derniers temps, il se trompe. Et la main qu'il tend vers mon visage n'est plus celle d'un grand-père.

Mais aussi pourquoi m'avoir nommée Clara ?

Je suppose que c'est à toi, Papa, que je le dois. Une pointe de revanche, n'est-ce pas ? Une manière d'installer la confusion, de rappeler la morte, d'imposer sa présence puisque Papy s'acharne à l'ensevelir. La tactique a réussi. Chacun de vous tourne la langue sept fois dans sa bouche avant de prononcer mon nom sans altération.

En tout cas, merci chère famille agitée. Merci souffrance. Merci aux épreuves en tout genre. C'est grâce à vous que j'ai grandi plus vite que la moyenne des enfants. Je me décerne le brevet de maturité. Je le brandis comme un diplôme au cours de cette intense discussion, en prévision de l'estocade finale que *daddy* Jordi ne va pas manquer de porter.

Bien deviné, il la porte :

- Et tu imagines un instant qu'une fille de treize ans puisse rester seule au mois de juillet dans une ville de province quasi déserte ? Puisse répondre aux contingences matérielles et assurer sa sécurité ? Par les temps qui courent ! Tu délires ma pauvre Clara. Tu veux nous faire passer pour des parents insouciants, irresponsables ? Tu vois les gros titres des journaux : Drame de l'inconscience, une gamine livrée à elle-même dans la fournaise de l'été alors que ses parents se vautraient dans la Méditerranée ! Pour qui nous prends-tu ?

- Pas une gamine !

- Comment ?

Je précise :

- Je ne suis pas une gamine, mais une jeune fille. Nuance.

Et j'ai pensé à tout. La situation est simple, je l'ai déjà dit. J'ai demandé l'hospitalité à Hasna, ma meilleure amie. Ça tombe bien : sa mère travaille comme agent de santé à la résidence Les Myosotis, l'hôtel club où Papy a été placé. Je ne peux avoir meilleure protection et introduction. Elle facilitera mes entrées. Milène et Jordi connaissent parfaitement les parents d'Hasna : Hadria et Miloud. Pour une famille de confiance, c'est une famille de confiance ! La nôtre leur inspire d'ailleurs le même sentiment de sécurité. Sans cela, jamais ils n'auraient confié leur fille

Hasna, prunelle de leurs yeux, à n'importe quels franco-français qui désireraient l'emmener avec eux un mois en Tunisie, même avec la plus grande générosité.

Papa s'étrangle. Maman devine. Elle éclate de rire. Jordi la fusille d'un regard de desperado. Oui, oui, vous avez bien compris : Hasna part avec vous. C'est juste un troc de filles. Vous ne perdez pas au change. Hasna est beaucoup plus facile à vivre que moi. Je tiens à ajouter qu'elle est ravie, que ses affaires sont prêtes, maillot de bain, palmes et bouée. Elle n'a jamais eu l'occasion de voyager, de sortir de notre belle province. Et moi, je récupère sa chambre, ses posters et son oreiller. Comme ça le billet n'est pas gaspillé…

2

Nous grimpons à pied la côte sévère qui mène à la résidence Les Myosotis. Hadria et moi. Notre petite ville se distingue par une horde de sapins qui montent la garde et une foule de panneaux triangulaires qui préviennent les automobilistes de la folie des pentes. Autres particularités à signaler : son viaduc géant qui enjambe usines et maisons, ses traditions culinaires et sa rue principale qui coule entre des façades sombres comme une rivière au creux d'une vallée. Je regarde le paysage de mon enfance tandis qu'Hadria me parle. Le soleil de juillet joue son rôle de cogneur. Sa grosse bouille ronde me nargue. Il cligne de l'œil à mon intention. Ses joues explosent sous l'impact d'un sourire moqueur :

- Tu l'as bien voulu. Ne te plains pas. Bienvenue chez les fous ! Je m'efforcerai de claironner mon insolente bonne santé pendant trente jours de canicule annoncée. Quel beau mois de juillet en perspective ! À propos, mon collègue, le soleil de Tunisie, me charge de te dire que tes parents sont bien arrivés, l'avion était à l'heure, la vue sur la mer est divine, l'eau est à trente degrés, ta mère se baigne, ton père bombe le torse, ta copine Hasna plaît aux garçons et les singes juniors se balancent sur le dos de dromadaires. C'est bien ce que tu leur souhaitais ? Tu es satisfaite. Ils te saluent.

Soleil vaurien, mal élevé, mal informé !

D'abord je ne vais pas chez les fous. Je veux assister grand-père et, c'est sûr, il n'est pas fou. Malade, mais pas fou. Oui, je sais ce que les braves gens racontent sur la résidence. Ils n'y ont jamais mis les pieds, mais ils se permettent de la juger ou de se moquer des patients qui logent entre ses murs. Parce que le lieu est fermé, ça les fait gamberger. Et ils pissent des clichés (je m'exprime franchement, il faudra s'habituer, Papa n'est pas là pour me reprendre), ils répètent des phrases toutes faites, ils les font rouler dans la pente. Vu la déclivité, chez nous, la malveillance prend de la vitesse. On appelle ça : rumeur. Hadria jure que trop de gens ont des pois chiches dans le cerveau. Ils ne sont pas curieux. Pour eux, résidence, asile, zoo, foire, hospices, c'est du pareil au même. Ils ne cherchent pas à comprendre. En fait, ils ont peur. Avec cette maladie, on touche à un mystère. Attention, il faut être fort pour entrer aux Myosotis et, plus encore pour y rester. Tout le monde n'a pas la tête sur les épaules, un bon mental dans la tête, et la joie de vivre dans le mental. Il faut résister à la réalité de l'intérieur et à l'ignorance de l'extérieur.

- Clara, tu peux encore changer d'idée. Tu es sûre de vouloir m'accompagner ?

Hadria prend mille précautions. C'est touchant. Elle craint de me voir repartir en courant. Que fera-t-elle de moi tout un mois si je ne tiens pas le choc ? Elle m'abreuve d'informations, elle me prépare. Elle redoute que le trajet ne soit pas assez long. Elle parle des mauvaises odeurs.

- On baigne dans de drôles de senteurs, tu sais, ce n'est pas le souk aux épices, la résidence, c'est un bazar émotionnel. Je ne voudrais pas que tu rentres le soir à la maison en pleurant. Comme moi quand j'ai commencé à travailler, il y a dix ans.

- Non Hadria, rassure-toi.

Méfie-toi Clara. Fais plutôt briller la modestie. La témérité a ses limites. Avec grand-père, tu connais un visage de la maladie. D'après Hadria, tu vas en croiser quatre-vingt-cinq différents dans la journée. Elle prend les formes qu'elle veut, cette voleuse d'Alzheimer. Elle commence par dévaliser la boîte à souvenirs, elle ravit le sommeil, elle sabote le mécanisme des gestes quotidiens, elle dérègle les comportements, elle opère des fuites, façon de dire qu'elle provoque l'incontinence, elle inspire des fugues, elle inocule l'agressivité et elle achève son œuvre en coupant la parole.

- De plus en plus, les pensionnaires nous arrivent sans l'usage des mots. Ils les ont perdus en route. Tu peux imaginer un humain sans langage? Qu'est-ce qui reste de lui? Comment l'approcher? Comment l'attraper? Ton grand-père s'exprime encore un peu, à sa manière, mais il y a les autres, Clara. Il faudra que tu supportes la présence des autres.

- Oui Hadria, ne t'en fais pas.

- Clara...

- Oui?

- À la télé, quand un reportage sur Alzheimer passe, nous les soignants, ça nous agace. On nous montre les premières attaques de la maladie. Jamais la suite. On voit des victimes bien propres, jolies, polies, capables encore de jouer aux cartes ou aux dominos. Des égarés corrects qui font tous les efforts du monde pour se maintenir dans la course. Qui se fatiguent à colmater les brèches, à déguiser leur drame. Ils sont louables et présentables. Je ne critique pas, même si ces séquences nous font rire jaune. Car la maladie ne s'arrête pas là, Clara. Elle continue son chemin. Elle n'en est qu'à la moitié du parcours. Mais le reportage télé s'est déjà arrêté. Avant la phase de démence. Chut! Coupé! On ne prononce pas le mot démence devant les micros. Incorrect. Tout comme la vision de grabataires est interdite à l'écran. Pas de son, pas d'image sur le dernier épisode de cette sale histoire.

Clara, on arrive. Derrière cette porte, ce n'est plus du cinéma.

Hadria, dos à l'entrée, me fait face. Elle me laissera passer quand elle aura fini de parler. Ses yeux brillent d'un mélange de colère et de fierté. J'aime Hadria. Elle est feu et flammes, huile et piment, comme elle se décrit elle-même, *zit* et *felfel.* Une fille d'Algérie en ébullition qui ne veut plus gaspiller son temps à obéir. Obéir à qui ? À des hommes aigris et rabougris, pétris de mensonges ? À des rabâcheurs de principes mal appris, mal digérés, incapables de grandeur ? À des ignorants qui insultent Dieu en bafouant la part féminine de Sa Création ? À des égorgeurs qui prennent la liberté pour un mouton ? Tous des lâches, sauf Miloud, son amour de mari, menuisier et musicien. Un homme qui courtise la mélodie avec une flûte et attise le plaisir de danser ne peut être mauvais, dit-elle en riant du père d'Hasna. Je trouve Hadria très belle, avec ses cheveux qui tombent librement sur les épaules, ses yeux noirs comme le khôl de ses paupières, sa voix haut perchée, ses tuniques bariolées et ses gros colliers d'ambre. Je la connais bien. Chaque fois que la tristesse recouvrait notre maison d'une couche de poussière, je courais chez elle. Quand ma mère, le visage bouffi de chagrin, n'avait plus la force d'alléger le mien, je me réfugiais dans ses bras. Hasna me prêtait sa maman et pleurait avec moi.

- Je suis fière de mon métier.

Hadria tenait à me le dire avant d'entrer.

- Et c'est bon d'être fière.

Les gens qui ont du venin sur la langue traite Les Myosotis de boîte à zinzins qui n'embauche que des Maghrébins. Ils disent : Si tu bosses là-haut sans être Algérienne ou Marocaine, c'est que personne ne te veut ailleurs. Voilà ce qu'on entend. Ce genre de crachats.

- C'est faux, Clara, archifaux. Si ces tarés considèrent notre boulot comme un sous-emploi, j'en déduis qu'ils prennent leurs parents pour des sous-vieux, des déchets. Tu verrais leur tête si je les traitais d'enfants de déchets, de futurs débris. Dans notre culture algérienne, c'est impensable de malmener nos anciens de la sorte. Pour nous, ils restent des réservoirs de savoirs, des mines d'histoires. Et tant pis pour les arriérés qui jugent un jeu vidéo plus précieux que le récit d'une grand-mère ! Tu veux savoir : je me consacre aux vieux parce que je les aime. Pas parce que je suis au chômage. Tu m'entends ?

- Oui.

Hadria éclate de rire et m'embrasse.

- Aux Myosotis, j'ai émergé. Je suis devenue maîtresse de maison !

Pour elle, c'est un beau titre. Le début de sa fierté. Elle précise. Maison, c'est mieux qu'unité de soin. Mieux que département ou secteur. Mieux que tous ces mots d'organisation militaire. Aux Myosotis, il y a six maisons d'accueil. Je note. On les appelle *cantou*. Ça chante mieux, même si ça veut dire "coin" en occitan. Du Périgord à la Lozère, les paysans se glissaient à la veillée dans de grandes cheminées et conversaient sur des bancs de pierre de chaque côté des flammes. C'était ça le *cantou*. Ils fabriquaient des balais ou épluchaient les châtaignes dans ce coin le plus chaud de la demeure alors que dehors soufflait le blizzard. J'ose la comparaison : un *cantou* serait un recoin paisible où les victimes du blizzard d'Alzheimer sont autorisées à éplucher le temps selon la fantaisie qui a balayé leur existence d'avant. Pas mal. Mais je garde mes réflexions pour moi, j'attends de vérifier.

- Il ne faut pas contrarier les patients ou les accuser sinon ils débordent, ils partent en tempête. Nous savons quand ils mentent, quand ils rusent ou qu'ils nous baladent. C'est nous qui les connaissons le mieux. Une bonne maîtresse de maison soigne, nettoie, nourrit, sourit, mais pas seulement, elle est aux aguets, elle enregistre les attitudes, les gestes, les évolutions des résidents, au jour le jour. Le médecin tient compte de nos observations. Il nous convoque en réunion. Nous sommes des vigies. On guette, on veille. Tu verras, il faut des qualités humaines pour travailler ici.

Hadria tape un code compliqué de chiffres et de lettres. La porte s'ouvre. Il paraît que le code était affiché, avant, mais des résidents parvenaient à le déchiffrer et en profitaient pour filer en douce. Je commence à angoisser : Grand-père a-t-il l'impression d'être en prison ? Va-t-il se rendre compte de l'enfermement quand il aura des bouffées de lucidité ? Il risque de devenir violent. Je l'imagine rugir : On est bouclé ici comme dans un coffre ! Hadria me souffle ce qu'il faut répondre dans ce cas : Oui, parce que vous êtes un trésor !

- Hadria, tu sais comment on dit myosotis en anglais ?

- Non, ma chérie. Même en arabe ou en berbère, je ne sais pas. Est-ce qu'ils poussent dans l'Altlas les myosotis ? Comment dis-tu en anglais ?

- *Forget-me-not.* Ne m'oublie pas.

- Alors, il est rusé celui qui a donné ce nom à notre maison des sans-mémoire. Clara, pour la dernière fois, tu es bien sûre de vouloir entrer avec moi ?

- Trop tard !

3

- Comment ça va ?

Une jolie dame blonde dans un bocal de verre surveille l'entrée des Myosotis. C'est normal puisque la maison est pleine de trésors. Hadria lui assène deux bises sonores. La mère d'Hasna semble à son aise. Une reine en son royaume.

- Ça va comme du pain chaud trempé dans un bol d'huile d'olive !

Hadria abuse de comparaisons pour donner la mesure de sa bonne humeur. Chaque matin, elle invente une formule pour défriper les visages maussades et bousculer les pleureurs professionnels qui gémissent du lundi au vendredi.

- Ça va comme le soleil dans son hamac de nuages ! Tranquille.

La dame du bocal m'applique sur les joues le tampon de ses lèvres rouges en guise de laissez-passer.

- Je te présente notre petite assistante, Clara.

Tu la verras circuler tous les jours.

Me voici bombardée assistante. Pas le temps d'expliquer les raisons de ma présence, le placement de grand-père, Hadria m'entraîne déjà par le bras. Des escaliers, un couloir. Elle accélère le pas. Je la sens pressée de prendre son poste, comme une artiste qui va entrer en scène. Moi, j'ai le trac. J'ai l'impression que mes pieds fondent, que mes mollets se liquéfient. Je vais finir par marcher sur les genoux. Devant Hadria, je fais la maligne, mais à l'intérieur mon cœur joue congas et maracas. Je bourre mon mental de coups de poing : Clara tiens bon ! Je n'ai pas encore vu grand-père dans son hôtel-club. Ça fait seulement une semaine qu'il est en pension complète. Les parents l'ont accompagné, installé. En rentrant, Papa a claironné : Formidable ! C'est très clair, lumineux. Pas de soucis : il profite d'une vue imprenable sur les toits de la ville, la forêt. Le ciel changeant donne un spectacle émouvant. Il suffit de s'accrocher à un nuage et l'esprit vogue directement vers le paradis des cerfs-volants. Maman a ajouté : Ah bon ? Ses deux mots suivis d'un point d'interrogation m'ont inquiétée, tout autant que le délire verbal de Jordi mon père. Dans quel état vais-je retrouver Papy ?

Une sorte de Popeye en fauteuil roulant nous barre la route. Il est agrippé au cendrier mural d'un couloir et fume goulûment en marmonnant.

Sa lèvre inférieure démesurée s'allonge comme un tentacule et semble lui bouffer le nez. Il me réclame une cigarette. C'est évident, je n'en ai pas. Je fais la niaise qui ne comprend pas sa langue. Je croyais qu'il était interdit de fumer dans un lieu de santé. Hadria devine mon étonnement :

- En fait, on lui délivre des clopes à petites doses, comme des médicaments.

Elle l'écarte doucement du passage.

- Il a tout perdu dans la vie. Même une jambe. Tu crois qu'on va le priver du dernier plaisir qu'il réclame ? Il suffit d'ouvrir la fenêtre et d'aérer.

L'homme émet un grognement à peine audible et se tasse dans son fauteuil. La maladie prend quatre-vingt-cinq visages aux Myosotis, dont celui de Popeye. Je me dis : c'est bien parti !...

- Allez, viens ! On va aux Mirabelles !

Bonne idée. Je prendrais volontiers un panier pour aller cueillir des prunes. Si j'étais sincère, j'aimerais autant me balader dans un verger en bouffant des fruits avec Rémi, mon *chum*. *Chum*, ça signifie l'élu de mon cœur en québécois. Ça sonne mieux que copain. Je me donne une nouvelle bourrade au mental : Clara, tu me déçois ! En ce moment, Rémi roucoule sur la Côte d'Azur avec des filles spaghetti, des lianes anorexiques qui collent leurs ventouses sur les Tarzan comme lui pour se faire offrir des glaces, leur nourriture de base. Rémi ne me mérite pas. Il aurait dû rester en juillet pour me soutenir. Au lieu de cela, il a bafouillé une excuse et s'est réfugié derrière les décisions indiscutables de ses parents pour fuir. Minable. Bon, revenons à la réalité qui n'a rien de champêtre : tous les *cantous* de la résidence se distinguent par des noms de fruits. L'unité qu'a intégrée Papy arbore sur sa porte d'entrée le dessin géant d'une prune jaune.

- Attends-moi. Je vais prévenir ma collègue que tu es là. Elle va te recevoir dans le hall.

Encore un barrage ! J'ai l'impression d'avancer vers le cœur d'une centrale nucléaire, ma parole ! Que de précautions autour de ma petite personne. Je ne suis pas en sucre. Je ne vais pas fondre dans la tasse à café noir du désarroi ! À vrai dire, ce qui me contrarie le plus, c'est qu'Hadria travaille aux Nèfles, et pas aux Mirabelles. Pas de chance. J'aurais préféré faire équipe avec elle. Équipe, c'est prétentieux. Disons : naviguer dans ses traces. Coller à sa blouse. J'ai l'impression de revivre ce dur moment de mon existence, quand maman m'a présentée à la maîtresse de maternelle et qu'elle a tourné les talons en m'abandonnant à mon sort. Voilà, il suffit qu'Hadria me laisse deux minutes toute seule et je retombe en petite enfance. Pas bien forte encore, Clara !

Le hall des Mirabelles est peint en jaune prune, portes d'ascenseur comprises. C'est cohérent. Des tableaux sont accrochés aux murs. Une vraie salle d'exposition ! Je suppose que les œuvres sont dues aux résidents. Je vois des explosions atomiques, des déflagrations toniques, un éparpillement de particules colorées. Attention Big Bang ! En revanche, si je considère cet autre tableau, je parlerais plutôt d'un pont, si haut sur des piliers costauds qu'on dirait le viaduc de Millau franchissant une mer de brume. Pourquoi la route disparaît-elle dans le brouillard sans atteindre l'autre rive ? Bonne question. Tiens, voilà un jeu intéressant. Je suis en train d'attendre dans un espace d'art contemporain plein d'énigmes. Je me trouve à présent face à la représentation d'une ville. D'après la signature, l'auteur est masculin. Ce monsieur, me dis-je, montre une vocation d'architecte. Il crée des immeubles en quelques lignes. Toits bleus, fenêtres rouges, rues vertes. Des traces verticales, frêles et élégantes, signalent une plantation d'arbres. Des peupliers, sans aucun doute. Mais j'ai le sentiment étrange que le seul véhicule qui avance, sournoisement, est un tank, canon braqué vers les façades. Une guerre couve sous le pinceau de cet homme. Les bâtiments sont déjà barrés d'une fumée verte. Les tableaux suivants sont bourrés de lettres énormes. On dirait des pancartes qui crient des slogans en gros caractères. C'est fort. Il n'y a rien d'enfantin dans ces peintures. Ça ne me paraît pas jeté au hasard. Au contraire, ces messages viennent d'un autre continent. Ils voudraient sortir des limites du cadre et s'envoler. Je jubile devant une pareille liberté. Je me sens incapable de délirer pareillement. L'école m'a coupé les cheveux de l'inspiration. Quand il m'arrive de dessiner, je m'applique, je trace, j'obéis à des lois, je me perds dans les marécages d'un figuratif niaiseux. Là, il se passe quelque chose, ça gigote, ça balance. Je me surprends à taper dans mes mains. Hadria qui ouvre la porte à ce moment précis pense que j'applaudis sa réapparition. Ça la fait rire. Elle précède Zohra et Dounia.

- Clara, je te présente un sacré duo de Mirabelles. Zohra et Dounia sont les Mirabelles du matin. Régine et Oumou forment le binôme de l'après-midi.

Pour le coup, c'est moi qui étouffe une envie de rire. Si Zohra est maigre, pâle et discrète derrière un sourire timide et d'énormes lunettes rondes, Dounia, elle, brasse un vent violent en se déplaçant. Colossale, elle me soulève de terre et me serre contre ses seins pharaoniques. Je n'exagère pas. Je manque de disparaître étouffée entre les deux pyramides qui saillent de sa blouse. Ses baisers claquants de bienvenue me percent le tympan. Sa voix charrie un flot de bienveillance :

- Avec moi, petite, pas de soucis. Mon prénom, Dounia, veut dire la terre. Tu peux te reposer sur moi.

Elle me repose au sol.

- Maintenant, juste un mot sur ton grand-père avant de le rejoindre.

Juste un mot.

Je redoute cette précaution de langage. Je suis persuadée que ce "seul" mot tire, comme une locomotive, un train de maux à sa suite. J'ai complètement raison. Dounia étale sans retenue la réalité crue d'une semaine intense au cours de laquelle les quatre Mirabelles ont tenté, matin, midi et soir, d'apprivoiser Papy grâce à des tonnes de divine patience et des hectolitres de bonne volonté. Je ressens dans le terme "apprivoiser" un côté sauvage, Far West, libérez le taureau, on va l'attraper au lasso... Je me rebiffe intérieurement et fronce les sourcils extérieurement. Dounia n'en tient pas compte ; elle décrit les barrières que mon géant de grand-père a opposées à la gamme complète de leurs tentatives d'approches : tendre, douce, conciliante, persuasive, caressante, flatteuse, rieuse et même autoritaire. Il a refusé en bloc toute assistance. À commencer pour la toilette. Poings menaçants, pieds prêts à ruer, Papy a mis en fuite les téméraires qui auraient voulu l'aider à se laver ou seulement le toucher.

- Casse-toi greluche !

Il a dit ça. Et aussi :

- Moi debout, je ne laisserai pas mon savon courir avec n'importe quelle...

La menace est restée en l'air. Les Mirabelles n'ont pas insisté. Elles l'ont laissé prendre sa douche, seul. Il en a parfois la capacité. Zohra, la timide collègue de la tonitruante Dounia, tente d'excuser Papy, pour me ménager. Elle m'explique que les mouvements d'agressivité sont porteurs de vie, signalent un désir d'autre chose. Je devine son désir. Grand-père manifeste clairement sa fureur due au placement. Il voulait rester chez nous. Il se sent trahi. Jordi mon père l'a trop embrassé au moment de le quitter, de l'abandonner. Jordi semblait content, il n'a pas dissimulé son soulagement, il a exprimé avec fougue sa gratitude envers le personnel, il semblait amoureux de la terre entière. Papy est resté de marbre, statufié au milieu de la salle de vie du *cantou*. Il aurait, paraît-il, proféré cette phrase, claire et brutale :

- Je suis là jusqu'à la caisse...

Puis plus rien ensuite, en dehors de quelques jets d'insultes pour décourager les assauts de gentillesse.

Il ne boude pas, non, je suppose qu'il fait la grève des mots.

À force de vivre avec lui, j'ai appris à le deviner : il doit se demander pour quelle raison il se retrouve entre quatre murs jaunes, lui le migrateur. Encore un contrôle de frontières qui s'est mal passé. Les douaniers ont fait preuve de zèle et de mauvaise foi. Ses papiers étaient pourtant en règle. Toutefois, ce n'est pas la première fois qu'un voyageur comme lui est la victime des sédentaires. Ils enferment ceux qui leur rappellent la liberté du goéland. Ils leur font payer cher son indépendance. Ils en veulent à sa valise qui contient trop de souvenirs du monde. Dans quelle tribu est-il tombé ? Il ne reconnaît aucun des habitants de cette enclave : ce sont tous des malades qui envient sa vigueur et se méfient de son énergie. Mieux vaut ignorer aussi les agents en uniforme blanc qui imposent l'ordre. Se taire, feindre de ne pas savoir parler la langue commune. Attendre l'intervention du Consul de France qui va exiger sa libération et réparer l'injustice...

Daddy Jordi pense que je suis trop complaisante avec Grand-père, que j'essaie toujours de me mettre à sa place, de rentrer dans son jeu. En tout cas, les Mirabelles paraissent contentes de me voir rappliquer. J'arrive en renfort, disent-elles. Elles ne parviennent plus à s'occuper autant des autres résidents. Grand-père accapare leur attention. Surtout au moment des repas. Impossible de le forcer à manger. On sent bien qu'il se prive, dans le but de s'opposer. Il ne veut plus se raser. Il sait encore le faire, mais on dirait qu'il tient à se montrer piquant. Et débraillé. Il s'applique à mal s'habiller. Si l'une d'entre elles lui reproche, il se met à brailler : Rien à cirer ! Rien à brosser ! Vive la pendouille !

- Clara, c'est pas la moitié d'un caractère, ton grand-père !

Je vous jure, cette maladie est une mocheté, un vampire qui suce la personnalité des gens et les transforme en silhouettes cabossées. Je pense à ces immeubles dont l'intérieur ne convient plus mais dont on tient à garder la façade. Il reste une allure, un style, même si le vent passe par les fenêtres. La maladie agit comme ce vent : elle efface petit à petit les rêves de jeunesse, les amours, la construction des projets, les ambitions, la transmission du savoir, les épreuves surmontées ou pas, les joies, les douleurs. Elle vide une existence. C'est ignoble. Ça donne envie de hurler. Mais moi, je refuse de croire qu'elle a tout gommé, cette croqueuse. Je suis même sûre, dans le cas de Papy, qu'elle est passée à côté de réserves bien dissimulées. Grand-père n'est pas une coquille vide. C'est faux. Il a organisé son for intérieur en planquant des pensées importantes comme ces nomades qui pressentent l'attaque de pillards et enfouissent des outres de provisions sous les dunes. D'accord, mes comparaisons sont jolies et maintenant que la horde d'Alzheimer a dévasté le camp de grand-père, c'est pas facile de dénicher les outres qu'il a enfouies sous ses dunes. Et pour revenir à l'image de l'immeuble de style, il sera restauré, lui, il aura droit à une seconde vie, tandis que pour Papy, il n'y pas d'espoir, le vent continuera à l'effriter, jusqu'à le réduire en un petit tas de sable. Hadria ne m'a rien caché. Il faut accepter le mot Fin. On peut juste rendre la démolition plus douce.

Hadria me prévient qu'elle part aux Nèfles s'occuper de ses "néfliers", secoués par la même tempête, dans son jardin, dans son *cantou.*

- Tu verras, ils inspirent plus d'élans de vie que de rejets.

Elle dit qu'elle me laisse entre de bonnes mains. Pour le prouver, la colossale Dounia m'attrape par les épaules et me broie affectueusement la clavicule.

- Écoute bien, Clara, si jamais ton grand-père t'accueille froidement et te demande "Qui êtes-vous madame ?" je t'en supplie, ne naufrage pas. S'il t'oppose un regard vide pendant toute la matinée, sache que ta compagnie risque de ranimer une étincelle de joie, ce soir, après ton départ. Il est en état de choc et de refus. Il n'est plus tout à fait celui que tu as quitté, il y a une semaine. Mais je crois aussi que ta présence peut opérer un miracle. Qui sait ? Favoriser des éclaircies. Et puis, si tu ne sais plus quoi lui dire, il te reste encore la possibilité de le serrer dans tes bras.

4

Apnée (d'après Gros Robert) : suspension plus ou moins prolongée de la respiration. Je retiens mon souffle et plonge dans le bocal à la suite de mes deux maîtres nageuses. C'est l'effet que je ressens. La salle de vie des Mirabelles, au dernier étage des Myosotis, est barrée par les vitres de grandes baies. J'ai l'impression d'être immergée dans un aquarium flottant lui-même dans l'océan du ciel. Un requin nuage, placide et repu, se prélasse sous l'ampoule du soleil. J'ai branché mon accélérateur de délires pour affronter les décalages auxquels la maladie de Papy m'a habituée. Je gargouille un bonjour timide à la suite de la tonitruante présentation de Dounia :

- Et voici Clara, la belle, la toute jolie, qui va passer plusieurs jours en notre compagnie !

Ça la fait rire, Dounia, car il n'y a encore personne. Chaises et fauteuils sont vides.

- Lever retardé des pensionnaires aujourd'hui. Mesure exceptionnelle à l'attention de Mademoiselle Clara. Avec Zohra, on a pensé qu'il valait mieux te laisser quelques instants seule avec ton grand-père. Nous allons finir la toilette des autres résidents et nous les ramenons au salon pour les présentations. Courage, ma fille.

Papy est là.

Je ne vois que lui, de dos, sa grande carcasse amaigrie collée à la vitre. Il ne bouge pas. Il ne s'est pas retourné en entendant mon nom. C'est dur pour moi. Son immobilité de sentinelle scrutant l'horizon m'effraie. La télé déverse ses âneries matinales, une recette pour la dépilation définitive, une méthode pour la perte des bourrelets, un menu à base de carottes pour paraître bronzée avant le rush vers les plages d'été... Je m'en veux d'avoir été attentive, même deux secondes, à ces niaiseries alors que je m'approche de Papy. Il n'a pas fait un geste. Encore un pas. J'aimerais crier : Un, deux, trois, soleil ! Papy, retourne-toi, prends-moi dans tes bras ! Je perçois le reflet de son visage dans la vitre, et celui du mien qui apparaît à son côté. A-t-il senti ma présence ? Ne pas le brusquer, ni l'effrayer, ne pas l'extraire brutalement de sa réalité. Je l'appelle de ma voix la plus douce. Je cherche à glisser ma main dans la sienne. Il la prend, la presse. Et me tire brusquement. Je me retrouve à mon tour le nez contre la baie, face au paysage aérien. En contrebas, une coulée de maisons à toits rouges se précipite vers les arches du viaduc du train. Le pont retient la ville. Au-delà, commencent forêts et prés. Ensuite, il y a monts et vallées. Elle me paraît loin, la Méditerranée.

- Carla, c'est toi ? Je savais que tu viendrais.

- Pa...

Ma voix s'étrangle. Le sourire de Papy dans la glace appartient à un homme qui se croit jeune, qui cherche à conquérir, à qui rien ne résiste, ni personne.

- Il y a un voilier sur le pont du chemin de fer. La mer est haute.

Il tourne enfin la tête vers moi.

- Tu le vois, Carla ?

Je murmure :

- Moi, c'est Clara, Papy. Je suis venue te voir. Je vais rester avec toi cet été. Je te l'ai promis.

- Tu n'arriveras pas à la gare à cause du vent...

J'ai envie de pleurer.

- Quel âge tu me prends ?

Je pleure.

- Un jour, Carla, tu auras quarante ans comme moi, quelque chose dans le genre...

J'entends des voix dans notre dos. Zohra et Dounia encouragent la progression de pas lents sur le linoléum.

- La fenêtre ouverte, après, il faut nager. Nager jusqu'au voilier. Carla, ouvre la fenêtre ! Tu dois ouvrir la fenêtre et nager.

Non, grand-père, je ne suis pas Carla. Carla s'est noyée. Je refuse ce jeu-là. Il met la pagaille dans mes sentiments. J'ai peur du sourire que tu adresses à ton beau fantôme. Je suis venue pour te faire la lecture, trier des timbres, te redonner de l'appétit, faire tourner la mappemonde, te questionner, t'écouter, t'accompagner à l'atelier peinture. Oui, on ira. Je me mettrai à côté de toi. Je peindrai aussi. Je suis d'accord pour ouvrir cette fenêtre-là. Mais, je t'en prie, regarde-moi comme ta petite fille. Je ne veux plus sentir ce frisson de panique qui me trouble.

Je perçois un remue-ménage de chaises. Dounya et Zohra commentent chaque installation d'une remarque, ferme ou drôle :

- Alors Irène, vous êtes prête pour les 24 heures du Mans ? On met la ceinture de sécurité pour le ravitaillement, on reprendra la course après le petit-déjeuner…

Je voudrais me présenter, découvrir les autres passagers du compartiment des Mirabelles, les saluer. Papy imprime une violente secousse à mon bras.

- Ne te retourne pas, ils sont méchants et laids !

Je le tire.

- Papy, viens t'asseoir avec moi.

- Pas ici, il y a des chiens sous la table.

Dounia se porte à mon secours pour l'arracher de la vitre.

- Alors, Monsieur Dunand, qu'est-ce que je vous sers pour le *ftur*? Chez moi, on dit *ftur* pour petit-déjeuner. Vous voulez du chocolat du Brésil ou du thé excellent de Ceylan? J'ai du lait de vaches suisses, du pain français, du cake anglais, du sucre de la Martinique et bien sûr de la confiture de mirabelles... Venez prendre place à côté de cette sympathique demoiselle.

- Non! Les chiens, ils mordent!

À deux, nous parvenons à le faire pivoter, à le diriger vers une chaise. Sa résistance fléchit. J'ai l'impression de me donner en spectacle. En fait, personne ne regarde. Les passagers du *cantou* sont installés à leur poste de pilotes, en train d'ingurgiter un café ou de recevoir la becquée. Moi, j'avale d'une traite le panorama. Je capte des grognements, des regards fixes, des mouvements convulsifs, des visages inexpressifs, des corps inertes, et des apparences de vieux quasi normaux. Voilà, j'ai face à moi treize visages de la maladie à des stades différents, avec ses nuances, ses expressions, ses ravages. Je vais avancer doucement vers elle. Je rentrerai dans les détails tout à l'heure. J'ai le temps. Tout un mois et plus, si affinités, comme on déclare dans les petites annonces. Je me concentre sur Papy qui vient de me dire :

- Tiens, tu es là, toi!

Il s'aperçoit enfin que j'existe. Je pose une bise sur sa joue hérissée de poils durs. Un vrai tapis de fakir ! Ma présence ne paraît lui apporter ni calme ni sérénité. Au contraire. En une semaine de séparation, mon pouvoir d'apaisement s'est évaporé.

- Papy, oui c'est bien moi, Clara, je suis avec toi, Clara...

Je répète en articulant, même s'il n'est pas mal entendant. Il s'acharne à tirer le bord de la table. Il lutte avec elle, comme si un courant fort la faisait dériver, comme si elle cherchait à fuir sur ses quatre pattes en plastique. On dirait qu'il veut la remonter jusqu'au menton pour s'en couvrir. Dounia grossit sa voix :

- Monsieur Dunand, votre bateau est à quai. Il est amarré. Laissez cette pauvre table tranquille. Détendez-vous. La capitainerie du port envoie le petit-déjeuner.

J'admire l'humour de Dounia. Une maîtresse de maison de sa trempe soigne par le rire, elle injecte en permanence de la drôlerie, flatte, rassure chacun selon son histoire et ce qui reste de sa personnalité. Elle pose sa main dodue sur celles, crispées, de mon grand-père qui, d'un mouvement brusque, se renverse sur son siège, va cogner le mur derrière lui. Puis, il se détend, soupire à grand bruit. Sa colère se dégonfle, son dos se voûte, ses épaules tombent. Il ne remue plus. Moi, je ne sais plus quoi faire. Bravo Grand-père, je te félicite ! Tu as sorti un sacré numéro pour mon arrivée. Si tu voulais me décourager d'emblée, c'est réussi. Je te jure que si je me pesais dans l'instant, le poids du stress ferait exploser la balance.

Quoi qu'il arrive, m'a répété Hadria, sois bienveillante. Cette maladie fait dérailler la logique. La nôtre. Elle déroute la raison. La nôtre. Nos protégés se baladent dans un espace inaccessible. Nos sens ne sont pas assez exercés pour les rejoindre. On n'a pas trouvé le passage. Parfois, on a l'impression de s'engager sur une passerelle et de les rencontrer au milieu, à la frontière. Grâce à un mot juste, à une caresse bien acceptée. Ça dure quelques instants. On parle de moments de lucidité. Le contact semble se rétablir. On voit des étincelles dans leurs yeux. Cet éclair nous suffit. On l'appelle "petite victoire du jour". Tu sais, Clara, c'est si facile de traiter nos patients d'égarés ; nous, les normaux, nous passons notre temps à considérer comme déficients ceux qui nous paraissent étranges, ceux dont la culture diffère de la nôtre et dont la langue reste incompréhensible. Regarde l'Histoire : combien de tribus ont été rejetées dans la marge, méprisées en raison de leur apparence, de leur comportement jugé arriéré, indigne de la belle humanité définie par les vainqueurs ? J'en sais quelque chose. J'ai grandi avec l'idée que mon peuple du Sud avait évolué moins vite que celui qui nous imposait le progrès. Toute ma jeunesse, j'ai admis que je faisais partie des inférieurs, des vaincus, des dominés. Jusqu'au jour où je me suis révoltée contre cette construction absurde de l'humanité. Ne crois-tu pas au contraire qu'on a tout à apprendre au contact des êtres différents, et donc auprès de nos égarés ? Et si nos égarés étaient à leur manière des explorateurs dont la sensibilité libérée pouvait nous guider vers un monde moins carré que le nôtre, vers des territoires chaotiques mais instructifs ? Qu'en penses-tu, Clara ? En tout cas, la seule attitude efficace avec eux reste la bienveillance. Je te la conseille. Elle t'ouvrira l'accès à nos résidents. Ils ressentent fortement cette disposition à leur égard.

- Clara, tu es prête pour la revue des effectifs ?

Zohra tend les dernières cuillerées de compote vers des lèvres tremblantes, essuie des dégoulinades laiteuses sur les mentons. Grand-père s'est curieusement mis à engloutir ses tartines, en retard, en silence, et tout seul. Dounia, d'un coup de télécommande bien appliqué, vient de désintégrer un infâme robot de dessin animé. Bien joué ! La télé a le bec cloué. Finie la pollution du son, c'est bon pour la digestion. La plantureuse soignante presse un autre bouton et déclenche un programme musical adoucissant, fait maison et diffusé dans tous les *cantous*. Il pleut soudain du plafond une mélodie orientale.

- Ah, Maguy, l'art-thérapeute, a pensé à moi aujourd'hui. Du luth algérien, et de Colomb-Béchar en plus ! C'est mon bled. Je connais même le musicien. Il s'appelle Alla. Il joue comme un dieu. Un touriste français l'a découvert en passant devant son garage. Alla s'entraînait derrière son rideau métallique. Le Parisien, émerveillé, lui a fait enregistrer un disque en moins de temps qu'il faut pour changer une corde de guitare. Le petit mécanicien du désert est devenu une vedette. Elle est pas belle la vie ?

Oui, ça dépend comment on la regarde.

Le clan des treize, devant moi, comprend déjà trois grabataires et deux inertes. Si je me glisse derrière les yeux de Papy, je perçois l'image de ce qu'il va devenir. Je comprends qu'il soit en rogne et qu'il réagisse : Les déments, ce sont eux, pas moi ! Qu'est-ce que je fabrique dans cette boîte à légumes ? Virez ces odieux de l'unité ou donnez-moi le code de sortie !

Grand-père peut encore comparer son état et celui des autres. C'est bien pour cela qu'il refuse de se soumettre, qu'il invente des ruses de langage, qu'il voit des chiens sous la table. Il souffre. C'est clair. J'appréhende le jour où il acceptera son sort. Il aura rejoint le clan des résignés.

- Attention, Clara, dégage ! Passage de bolide !

Dounia me désigne Irène, la déambulatrice. Zohra a défait la sangle qui la maintient attachée le temps du petit-déjeuner. Aussitôt, Irène se lance dans une course délirante. Elle marche en longeant les murs. C'est impressionnant. Elle suit un itinéraire au tracé invisible mais pratiquement invariable. Je pourrais la chronométrer. Elle sort de la pièce, parcourt les couloirs des chambres, frôle la porte d'entrée du *cantou*, tourne les talons, revient sur ses pas, fait de nouveau irruption au salon, fonce vers la fenêtre, double le comptoir de la cuisine, prend un virage à angle droit, glisse le long de la baie, évite la plante verte, devine les écueils, enjambe un pied qui traîne, contourne un fauteuil roulant et son passager, se rue à nouveau vers les couloirs. Personne ne tient compte de son agitation, mais malheur à celui qui barre sa route ; il reçoit une bordée d'injures qui dure jusqu'à la levée de l'obstacle. Je reste ahurie. Je calcule le nombre de kilomètres à l'heure, par jour, la dépense d'énergie. Irène se déplace, les yeux fixes, sans ciller. Elle n'est pas vieille, l'âge l'a quittée. Elle est mince, svelte. On dirait une danseuse engagée dans une performance d'art contemporain. La musique du luth la porterait si elle l'écoutait. Ce n'est pas le cas. Elle déambule jusqu'à l'extrême fatigue. Elle peut chavirer le soir, tomber. Dounia me dit qu'elle se vide ainsi de son angoisse.

- Et voici Monsieur Allende.

Dounia commence les présentations par les "figés". C'est moi qui utilise ce mot dans ma tête. Il est impropre, je sais, mais tous les autres sont péjoratifs, inexacts ou le reflet de ma panique face à ces corps posés dans des fauteuils, envahis par la torpeur. Torpeur : ralentissement des fonctions vitales, diminution de la sensibilité, de l'activité. Oui, je constate. Sans perte de la conscience. Ça, c'est une autre question. Pour l'instant, je me contente de mesurer le spectacle à l'aide de la définition de mon copain Gros Robert, le dico. Monsieur Allende garde les yeux fermés, la bouche ouverte, les membres rigides. Dort-il ou est-ce que son âme, sortie par la bouche, vogue vers les contrées d'une autre conscience, celles du grand abandon, du soulagement ? Attention, il peut s'énerver. Dounia prévient. Soudain, un bruit inhabituel ou des images violentes à la télé le font sortir de ses gonds. Maudite télé : encore elle ! On ne pourrait pas prévoir des programmes de paysages calmes balayés par la douceur de musiques appropriées, comme les reçoivent les Inuit du fin fond de la banquise, curieux de découvrir la diversité de l'univers ? Moi, je me suis bien gavée de documentaires sur l'Afrique et les océans, tous les mercredis et samedis, pour apaiser Papy.

- Allende n'est pas son vrai nom. C'est nous qui lui avons donné celui du Président du Chili, Salvadore Allende, assassiné par l'ignoble général Pinochet. Tu es trop jeune pour te souvenir de cet affreux militaire et de son coup d'état de 1973. Une bande de truands qui ont trucidé la liberté ! Ce monsieur que tu vois a dû quitter son pays, le Chili, car il avait joué un rôle actif pour établir la démocratie. Il a vécu en exil tout le reste de sa vie. Quand on l'a reçu ici, il parlait encore, il racontait ses espoirs anciens. Il faisait aussi de mauvais rêves. On attrapait quelques phrases qui en disaient long sur son cauchemar passé, sur la torture. Pour nous, il est Monsieur Allende, défenseur de la liberté qui a fui la dictature. En principe, nous n'avons pas le droit d'attribuer des surnoms, ni de tutoyer les patients, ni de les appeler par leurs prénoms. Ça, c'est la règle. Mais, la vie se construit sur le terreau de la bonne humeur. Pas vrai ? Alors, il y a ce qui est écrit sur l'emballage et après, nous, on dose. On ose la dose. Tu piges ?

- Oui, oui.

À présent, je salue *senhor* BigMat. J'ai pigé pour les surnoms. Ça aide à renflouer l'identité des malades en l'absence de leur conscience. J'engrange les informations que me transmet Dounia. *Senhor* BigMat, d'origine espagnole, œuvrait dans le bâtiment. Il n'y a pas longtemps encore, il passait ses journées à inspecter les murs du *cantou*, à vérifier leur droiture et la bonne tenue de la peinture. Il se vantait d'avoir construit l'immeuble tout entier et marmonnait des appréciations flatteuses sur la qualité de son travail. Son obsession le ramenait à sa vie antérieure. Cette araignée d'Alzheimer, dans sa grande bonté, laisse échapper d'entre ses pattes la fierté d'un métier passé et bon nombre de traits de la personnalité. Pour Papy, c'est manifeste. Son caractère de baroudeur séducteur sans peur ni reproche rapplique au galop dès qu'une situation lui procure des sensations connues. Il s'enflamme. J'en sais quelque chose. O.K. Clara, lâche-nous cinq minutes avec ton grand-père. Il n'y a pas que lui sur terre. On en était à Monsieur BigMat qui, affalé dans son fauteuil, coule une retraite à la puissance dix. Finis les chantiers, même fantasmés. À moins que… Je me prends à imaginer une grosse bulle de Bande Dessinée au-dessus de sa tête de bâtisseur endormi, avec un super-rêve de construction de barrage à l'intérieur. Je vois *senhor* BigMat, promu chef d'orchestre, en train de diriger un ballet de grues à la baguette. Je vous l'offre ce rêve, monsieur le maçon. Je ne sais comment vous signaler ma présence et ma sympathie. Je m'aventure à serrer votre avant-bras à défaut d'attraper votre main droite prise de tressaillements que j'ai peur de contrarier.

Les trois dames grabataires ne sont pas belles à voir. Zohra et Dounia , en chœur, m'affirment le contraire.

- On les aime bien nos mamies. D'accord, on les a connues plus fringantes. Mais, regarde Clara comme elles ont la peau douce et le visage lisse. Leurs rides ont presque disparu. C'est étrange, non? Si chaque ride est la marque d'une histoire, alors on a le sentiment que la mémoire en s'éloignant emporte aussi les rides.

Ah bon ? C'est l'avis optimiste des habituées. Moi, je suis nouvelle dans le secteur et j'ai du mal à supporter la vision des doigts crochus et des corps tordus comme des ceps de vigne. L'une d'elles a glissé sur son siège et se retrouve recroquevillée comme un fœtus. Elle semble me juger de ses yeux vitreux, au fond desquels je déchiffre de l'angoisse et un brin d'agressivité. Difficile à soutenir. Elle me rappelle une sortie scolaire au musée Rodin à Paris. La guide attirait notre attention sur la volonté de l'artiste de sculpter des corps en tension, dans les positions les plus compliquées. La maladie d'A. est une disciple diabolique de Rodin ; elle manie des ciseaux terribles. Elle fabrique des postures redoutables. Elle malmène notre condition humaine : Eh toi, le bipède orgueilleux qui te croit maître de la Création, regarde bien mon œuvre, ça t'apprendra l'humilité, mon garçon ! Tu ne feras plus autant de manières pour profiter de la vie quand il est encore temps… Zohra et Dounia ne se doutent pas des pensées que la visite m'inspire. Je me défends comme je peux durant ce premier round. Je prends des coups. J'espère ne pas finir K.-O ! Je continue à sourire et à secouer des bras mous tout en fixant des yeux arrondis par une permanente interrogation.

- Oh la jolie petite fille !

C'est moi la petite fille ?

Je me sens revenir à l'école primaire. Je fronce les sourcils. Dounia s'empresse de préciser :

- Les personnes souffrant d'Alzheimer sont sensibles à la présence des petits. Ne t'offusque pas. Elle confond les niveaux d'âge mais elle est contente de te voir. Il n'y a pas souvent de gamins dans l'établissement et encore moins d'adolescents.

Je fais risette à une dame qui me tend joues et bras. Dounia lui explique :

- C'est Clara, la petite-fille de Monsieur Dunand.

- Clara, oh oui, c'est joli, Clara, c'est bien joli, joli...

Elles sont deux élégantes en robes fleuries et bas de contention à profiter de la lumière près de la baie vitrée, à l'ombre d'un palmier qui bénéficie de l'effet de serre. On me dit que l'une ne va pas sans l'autre. Un parfait binôme. Elles se sont trouvées et ne se quittent plus. Elles mâchent le temps ensemble ou boivent les heures diluées dans de grands verres d'eau rosée pour ne pas se déshydrater. L'hiver, elles tricotent une longue écharpe laineuse de minutes et de jours, une maille à l'endroit, je baille à l'envers. L'une est plus soucieuse de la pendule que l'autre. Elle me demande l'heure et la date. L'horloge est au-dessus de sa tête. Il est facile de lui répondre :

- 10h48.

Elle plonge aussitôt dans un tortueux calcul de l'espace qui les sépare du prochain repas. Comme je m'attarde poliment, elle insiste pour vérifier l'avancée des aiguilles. Docile, je lui réponds :

- 10h50.

Elle paraît soulagée. Elle confie à son amie :

- Après onze heures, il y a onze heures dix, puis onze heures vingt. On sert le déjeuner à onze heures et demi. Quelle heure est-il mademoiselle ?

- 10h52.

- Ah bon ! De quel jour ?

- Le 7 juillet.

- Oui, oui, oui, c'est ça. On est bien en juillet aujourd'hui. Quelle heure est-il ?

Dounia s'interpose :

- Les plats arriveront bientôt, Madame Roleix. Pas de souci. Les aiguilles tournent.

Bien trouvé le surnom : montre de luxe pour obsession des heures qui fuient. Sa compagne qui, un instant plus tôt voulait me prendre sur ses genoux, se met à siffler comme un chat agressif à mon égard. Je lui ai juste demandé :

- Vous venez d'où, Madame ?

- D'Ardèche, du pays de la châtaigne.

- De Privas ou d'Aubenas ?

Là, elle a montré les griffes et grogné comme un matou irrité. Parce que la question l'embarrasse. La pie voleuse d'Alzheimer lui a piqué le nom de son village. Elle préfère produire un effet comique plutôt que d'avouer son oubli.

On continue la tournée.

Autour d'une table, trois femmes et un homme se font face. Les mains posées sur la table ou sur les genoux. Trop calmes, inanimés. Je dirais : sages comme des images. Ou comme des pions sur un damier d'échec attendant d'être déplacés. Pourtant, il suffit qu'on s'approche pour qu'ils se mettent en mouvements.

- Alors, Madame Céleste, quelles sont les nouvelles ?

L'interpellée tourne aussitôt vers Dounia un visage pâle, dessiné par l'anxiété. Elle réplique :

- Il est là ! Vous n'entendez pas ? Il est là ! C'est beau là-haut. Et voilà !

Je regarde bêtement au plafond alors que j'aurais dû lever les yeux au ciel. Madame Céleste désigne sans doute un paradis. Là-haut. Naïve que je suis. Dounia me présente ; elle dit que je fais des études, que je suis au collège.

- C'est un beau métier. Il ne faut pas y mettre les pieds.

Madame Céleste m'assène ses conseils encourageants, se frotte les mains, tord la bouche et geint :

- Eh oui. Mais on le sait maintenant. C'est fait. Il est là !

Que voulez-vous répondre à ça ?

J'approuve et glisse vers sa voisine, une pétillante petite dame aux yeux malicieux, du genre mémé à l'ancienne qui sort ses confitures du placard, distribue des carrés de chocolat et brasse la soupe sur une cuisinière à bois. Dounia lui caresse la joue.

- C'est notre mamie Méditerranée.

Elle approuve :

- Oui, c'est moi.

Elle exhale un fort accent du Midi et il ne faut pas la pousser longtemps pour qu'elle entonne "La mer qu'on voit danser". D'où son surnom de mamie Méditerranée. Trenet Charles a la cote aux Myosotis. Il reste l'idole de ces dames dont "les jeunes années courent dans la montagne, courent par les sentiers pleins d'oiseaux et de fleurs". Dixit le fou chantant.

- C'est vrai que vous chantez bien, Madame Casals.

Elle ne se fait pas prier deux fois. Son regard brille, il a des reflets d'argent, comme dit encore la chanson.

- La belle de Cadix a des yeux de velours...

On applaudit.

- Luis Mariano, c'est pas mal non plus.

Madame Céleste se mêle de la conversation :

- Oui, mais enfin, comment elle fait ? J'irai un jour...

Mamie Méditerranée est lancée. Forte de son succès, elle poursuit :

- Après toi, je n'aurai plus d'amour. Après toi, mon cœur sera fermé pour toujours...

Sa voisine réplique :

- Oui, oh bien dis donc, tout ça...

La chanteuse amorce un virage liturgique et, sans prévenir, implore la Vierge Marie :

- Chez nous, soyez reine qu'on prie à genoux, qui sourit et pardonne, chez nous, chez nous. Soyez la madone...

Elle conclut avec un sourire désarmant et sa voix de lavande :

- Moi, je vais bien pour tout.

Pour une nouvelle, c'est une bonne nouvelle. Plus rien ne peut l'arrêter. Elle reprend de plus belle son récital :

- L'amour est passé près de moi...

Madame Céleste, d'une voix sinistre, coupe strophes et rabat joie :

- Oui, mais c'est bien.

Il en faut plus pour faire taire la cantatrice.

- À la claire fontaine, m'en allant promener...

Elle saute tout de suite sur la plus haute branche où le rossignol piaillait quand elle était enfant.

- Chante rossignol, chante, toi qui a le cœur à rire…

Sa voisine, qui a plutôt le cœur à pleurer, ne désarme pas et tranche :

- Oui, bien, il le prendra. Une année, une branche pour chanter…

Mère Méditerranée se déchaîne :

- On ira tous au paradis, qu'on soit méchant ou gentil…

Le ton monte. Madame Céleste veut avoir le dernier mot :

- Tu veux m'écraser… Eh bien, on y va. Non, on ne peut pas faire ça là-haut… On peut rien vous dire. Toutes ces femmes ! Il est beau, hein ?

Des lambeaux de phrases issues d'un problème profond qui échouent comme l'écume sur le bord de sa conscience.

La troisième femme, qui n'a pas encore prononcé une phrase, lâche soudain à mon intention :

- Pourquoi vous êtes à côté de cette folle ? Elle n'est pas bien belle.

C'est alors que le seul monsieur de la tablée, resté lui aussi en dehors des débats, se penche en avant pour piquer le verre de sirop de sa commensale. J'aime bien ce mot : Papy l'utilisait fréquemment pour parler des conquêtes féminines qu'il emmenait au restaurant. Commensale : personne qui mange habituellement à la même table qu'une autre, affirme Gros Robert. Les mots d'un dico qui partagent pendant plusieurs éditions les mêmes pages sont-ils des commensaux? Je m'égare, mais je crois avoir besoin d'une récréation. *Five minutes please, I get crazy!*

Dounia crie :

- Lâchez ce verre, Monsieur Pradal, vous avez le vôtre devant vous.

Papy lève les deux mains en l'air pour attirer mon attention. Puis opère des roulades avec les bras, tout en sifflant une note aiguë. C'est un code secret entre nous : Et si on sortait faire un tour?

Avec moi, il a droit au jardin.

Let's go to the garden to pick-up flowers and talk to the birds.

Et si j'ai envie de me parler anglais, ça me regarde. Compris?

5

Ma chère Hasna,

Merci pour ta carte postale, bien arrivée, et pour le bon goût de la photo. La mosquée de Djerba (série “Tunisie historique”) est, dans ma situation, un meilleur choix qu’une image de plage et de ses usagères (style “futilités balnéaires”). Je suis sensible à ta discrétion sur tes activités de plein air, dissimulées derrière les encouragements sincères que tu m’adresses. J’apprécie ta complicité. Après tout, tu n’étais pas obligée de prendre ma place, de partir en service commandé sous les dattiers, de me prêter ta mère et ta chambre. Ce n’est pas rien : c’est de l’amitié. De la vraie. J’espère que tu seras satisfaite de mes créateurs, Mylène et Jordi, comme je le suis de tes parents. Hadria est plus qu’une mère pour moi : une sœur, une collègue, un entraîneur musclé… Le premier soir, elle m’a ramassée à la louche, le second à la cuiller à soupe, le troisième à la petite cuiller (à café), le quatrième au cure-dent, et depuis, on rentre à la maison bras dessus, bras dessous. Plus besoin de pelleteuse. Je me sens légère et bien dans mon rôle de stagiaire. En chemin, nous conversons, Hadria et moi, de soins et d'ambiance, de tel ou tel cas, d'escarres à signaler aux infirmières et de réunions avec le médecin-chef auxquelles je suis admise. Oui, ma chère ! Tu écris que j'ai du courage, que tu t'estimes incapable de pénétrer dans l'enceinte des Myosotis, que tu as trop entendu parler de la maladie à la maison, que tu te sens désarmée face à la démence et à ses sabotages. Crois-moi, je n'ai pas le sentiment de réaliser un exploit. Je refuse d'endosser la blouse des héros. Je te jure : si Papy n'avait pas pris pension aux Myosotis, jamais je n'y aurais traîné mes baskets. Je ne me fais pas plus maligne que je suis. Mais, je te l'ai déjà expliqué : Grand-père compte plus que tout pour moi. Je sais, la formule est excessive et rendrait encore jaloux Jordi mon père. Je veux dire : plus que tous les cadeaux que j'ai pu recevoir dans mon enfance, plus que la pile de mes livres les plus chers. Il vaut bien le sacrifice de mes vacances. Je l'admire plus que les pantins du cinéma américain qui font trépigner nos copines, prêtes à allumer des bougies sous leurs posters. Ou plus que tous ces footeux millionnaires incapables de baver une phrase correcte dans un micro. Tu vois ce que je veux dire ? Ce n'est pas de la dévotion sans bornes. Non, c'est de la fidélité et de la reconnaissance. Grand-père m'a donné des raisons de grandir et l'envie d'apprendre. Et je prétends qu'il a encore des choses à me transmettre. Même dans son état. D'ailleurs, il va mieux. Il attend ma venue. Le matin, il est levé quand j'arrive, rasé, lavé, parfumé, bien habillé. Son œil a retrouvé un peu de vivacité. Il ne me confond plus avec ma grand-mère Carla. Il est calme. Il parle. Et même si ça l'agace de courir après les mots qui se dispersent devant lui comme des mouches effrontées, il accepte l'effort. Il redevient aimable avec les infirmières, les maîtresses de maison et les aides soignantes. Je le soupçonne de courtiser Emma, la lingère. Il la complimente sur sa "tenue blanche de jeune mariée" et se penche sur son chariot pour louer la beauté de son bébé. Ruse de baratineur ou pure fantaisie décrochée des nuages ? Va savoir ? Avec lui, je m'attends à tout. Je passe mes journées à jouer avec lui : jeu de l'oie et de dés, 421, mikados et dominos. Je lui fais la lecture. Je choisis des textes courts et géographiques. Il suffit que figurent des noms de pays pour qu'il soit content. J'appelle Supervielle, Jules, à la rescousse. Avant, Papy aimait particulièrement un de ses poèmes nommé "Voyages" :

Je ne sais que faire aujourd'hui de la Terre
De ce pic en Europe, cette plaine en Australie

Et de cet orage en Californie.
Cet éléphant qui sort tout ruisselant du Gange
Il me mouille en passant mais n'a rien à m'apprendre.
Que peut l'œil d'un éléphant devant l'œil d'un homme sensé
Et dans la force de l'âge ?
Je ne sais que faire de ces femmes un peu partout
Sur la Terre plus ronde qu'elles.
Femmes, allez à vos occupations
Ne vous mettez pas en retard.

Dounia, dont le prénom veut dire Terre, comme tu le sais déjà, applaudit et retourne à ses occupations sans retard. Elle range ses patients en cercle autour de moi. La plupart n'écoutent pas. Ils descendent dans la grande cale du sommeil, leur menton chute et se cloue sur la poitrine. Mais qui peut dire si ma voix ne les berce pas ? L'oreille étant la bouche de l'âme, j'y glisse ma musique. J'obtiens des résultats. Personne ne gémit, ne grogne ou ne tape sur une table. Dounia et Zohra prêtent une attention amusée tout en préparant de la gelée réhydratante. Imagine des plaques quadrillées, inodores, incolores, à base d'algues, que tu plonges dans de l'eau chaude. Tu obtiens une espèce de flan que tu bats à la fourchette et colores avec du sirop de cassis. J'ai goûté. On dirait de la gelée de pâté en croûte, violette et sucrée, à servir bien glacée dans de grands verres pour déjouer la résistance des vieux entêtés qui refusent de boire par trente-cinq degrés. La gelée : arme ultime contre la canicule. Et j'enchaîne avec un autre poème de Supervielle, "Sous les palmiers", choisi pour la circonstance :

Il fait à Djibouti si chaud,
Si métallique, âpre, inhumain,
Qu'on planta des palmiers de zinc
Les autres mourant aussitôt.

Quand on s'assied sous la ferraille
Crissante au souffle du désert,
Il vous tombe de la limaille,
Bientôt vous en êtes couvert.

Mais vous possédez l'avantage,
Sous la palme au fracas de train,
D'imaginer d'autres voyages
Qui vous mènent beaucoup plus loin.

Et tu sais comment a réagi Papy quand j'ai eu fini ? Il a dit :

- Des huîtres en pleine nuit…

Je lui ai demandé de répéter. Il a sorti une phrase hachée en plusieurs morceaux par le couteau sifflant de sa respiration :

- J'ai mangé des huîtres à Djibouti… Il fait chaud comme dans un fourneau… Le lac salé est craquelé… Les chèvres bouffent du carton… Les femmes Somali sont jolies…

Ça ressemblait à une récitation.

Tu ne peux pas savoir le choc que j'ai ressenti. J'ai cru qu'il commençait une histoire, qu'il allait nous entraîner à Djibouti, comme avant : Bienvenue sur les côtes de la Mer Rouge que le soleil diabolique transforme en bancs d'essai pour l'enfer. La chaleur y est telle que le verre fond, que la tôle craque et que les pirates demandent grâce…

Non, il s'est arrêté net, la bouche ouverte. Rien n'a suivi. Les autres images sont restées à bord d'un boutre arabe qui a sombré entre ciel et sel. J'étais bouleversée. J'avais espéré un miracle. Il n'y a pas de miracle avec la pirate d'Alzheimer. Elle prend tout le butin.

Alors, Hasna, j'ai encore plus besoin de toi.

Je reconnais que je n'aurais pas eu le courage de vivre cette expérience si je n'avais pas décidé de la partager avec toi. J'ai entamé ce récit, à ton intention, le premier soir, dans ta chambre. Tu le trouveras à ton retour.

J'ai besoin de t'écrire.

Demain, les choses sérieuses commencent. Et j'ai peur. Papy va subir un test. Sa mémoire sera sondée, auscultée. Selon les résultats, on discutera de son "projet de vie".

Dans le contexte des Myosotis, l'expression "projet de vie" est charmante, tu ne trouves pas ? Papy tombe de la falaise, mais dans sa chute, il y a des gens gentils qui lui proposent un parachute pour l'avenir : Rassurez-vous, Monsieur, vous en avez encore pour un bon moment avant de toucher le sol en marbre du dernier jour. Laissez-nous vous guider vers quelques ateliers : mouvements, relation aux autres, écoute musicale, peinture. Ils sont censés vous ménager quelque vivacité et prolonger votre descente par paliers.

J'ai beau savoir que Papy a eu la chance d'être admis dans une institution qui, depuis vingt ans, réfléchit sur l'accompagnement des victimes d'Alzheimer, je me répète : Demain, il signe une sorte de contrat à vie, de fin de vie.

Je voulais être là. J'y serai.

Puis je reviendrai dans ta chambre, et je puiserai dans mes forces pour te raconter cette journée.

J'ai besoin de toi, Hasna. Pense à moi.

6

Aujourd'hui, j'ai fait une rencontre inattendue.

De toute façon, rien n'est prévisible aux Myosotis, avec des résidents plus agités que des coureurs de fond, certains plus méditatifs et silencieux que des ermites hindous, et d'autres plus délirants que tous les membres du mouvement Dada réunis. Gros Robert prétend que Dada est le précurseur du Surréalisme, une révolution de la pensée pour les esprits occidentaux du XXe siècle, emmaillotés dans les langes de la raison et du classicisme. Nos chers pensionnaires, côté langage, sont plutôt démaillotés. Ce sont des poètes désordonnés, des jongleurs qui ratent leur numéro, des footeux qui marquent contre leur camp, des facteurs qui mélangent les lettres et effectuent leur tournée à l'envers. Ils jouent au Lego avec des mots qui s'emboîtent de moins en moins les uns dans les autres. Les phrases s'effondrent ou poussent tordues. Ceci, dans le meilleur des cas. Puisqu'aux Myosotis, beaucoup ne parlent pas.

La rencontre eut lieu en début d'après-midi.

Papy s'était retiré dans sa chambre pour siester : retraite stratégique pour échapper à la diffusion des "Feux de l'amour", le feuilleton lacrymal qui, depuis un siècle et demi, au moins, brûle la rétine de millions de téléspectatrices romantiques, agglutinées devant l'écran à cette heure digestive comme des mouches sur un pot de miel (coulant).

- Je... boycrotte !

Papy retrouve parfois des grains d'humour. J'en suis ravie.

Je profite de mes moments de liberté pour pousser le chariot des infirmières, Aziza ou Francine, selon leur programme. Je participe aux tournées "escarres et pansements". Elles ont accepté de me montrer l'infection à l'ouvrage. Une véritable entreprise de forage. Pour moi, un vrai rite d'initiation. On m'autorise à affronter des réalités généralement cachées aux enfants de mon âge dans notre société : os saillants et membres mutilés, jambes réduites à l'état de baguettes, visages effarés, ahuris par la proximité de la mort. Hasna, tu réalises ce que je vis ? Le matin, je quitte ta chambre douillette aux murs ornés de photos qui rendent un culte frénétique à la musculature de garçons dorés et à la grâce de silhouettes de mode, puis je pénètre, sur la pointe du cœur, dans les chambres de gisants aux corps troués, asséchés, fanés. Les yeux des grabataires sont remplis de surprise et de doute. Et quand ils le peuvent, ils se plaignent avec ce qui leur reste de voix et de souffle. Les infirmières m'apprennent à écouter ces cris, à les reconnaître, à les traduire. Elles disent que cette ultime tentative de communication est difficile à interpréter ; elles sont anxieuses d'y répondre sans se tromper. Cri pointu d'existence ou cri aigu de souffrance, cri d'appel au secours ou cri de refus, cri convulsif qui chamboule les traits du visage ou cri continu pareil à un pleur d'enfant impossible à éteindre… Parfois, je détourne les yeux et je me retiens de respirer. Oui, de temps en temps, ça pue. Finis les camouflages d'ylang-ylang, les notes poivrées de giroflée, les rumeurs de citronnelle ou de chèvrefeuille de nos flacons d'apprenties mannequins : je dois surmonter l'épreuve du nez sans couverture. Notre univers désodorisé ne nous prépare pas à supporter les parfums de la maladie, les senteurs de vieillesse, l'essence de la mort. La première fois, j'ai cru défaillir, écœurée par un bouquet d'odeurs composé de lessive à la fraise *tagada*, de pyjamas souillés et de jus de viande. Après ça passe. On s'habitue à tout. On surmonte.

Quand je me sens flancher, je me glisse dans la peau d'une jeune Sibérienne, élue par les esprits de la nature pour devenir *chamanesse*, femme chamane. Ça me stimule. Je me raconte l'histoire de Clara, l'été de ses treize ans, déjà bien secouée par la puberté, appelée à affronter les mystères de l'organisme humain, de sa longévité et de ses défaillances. Ô Clara, future guérisseuse ! Je m'invente des voix célestes qui m'assurent qu'en sortant de la hutte des secrets, je ne serai plus comme avant, je serai savante. Je prends Les Myosotis pour une case sacrée. Tu vois où j'en suis. Parfois, j'envie les garçons des brousses africaines qui, à treize ans, comme moi, sont invités dans la forêt pour rencontrer les masques des ancêtres et des génies. Papy m'a raconté qu'au cours d'une semaine de peur et de danses épuisantes, ils reçoivent des savoirs à ne jamais trahir sous peine de mort ! Et quand ils retournent au village, ils sont transformés, scarifiés, devenus adultes, respectés. Je me dis qu'on est bien fragiles chez nous, surprotégés, sans autre rite de passage que le Baccalauréat. Tu parles d'une initiation ! Je sais que je sortirai d'ici marquée à vie, l'âme scarifiée. Ça me plaît.

Et la rencontre surprenante, ça vient ?

Oui, elle arrive, je fais bien de me le rappeler.

Je poussais le chariot d'Aziza. Aziza poussait des grands rires. Le rire d'Aziza a traversé la Méditerranée. Le rire d'Aziza a connu la guerre civile. Elle dit : Là-bas, j'ai travaillé à l'hôpital, je soignais des jeunes. L'un avait le ventre ouvert, l'autre un pied arraché. Ils souffraient tous de la maladie d'A. La maladie d'Aliénation. Ils se tuaient au nom d'un Dieu qu'ils prétendaient mieux servir que leurs ennemis qui juraient mieux Le connaître que leurs ennemis qui traitaient d'infidèles leurs ennemis qui clamaient bien fort être les vrais croyants. Ils se massacraient au nom d'une richesse nationale dont on leur parlait, qu'on leur faisait défendre, sans jamais la voir. À force d'obéir à la colère et à l'argent, ils sacrifiaient beaucoup de femmes et d'enfants, d'artistes et d'étudiants, de journalistes et d'enseignants. Ils éliminaient tous ceux qui auraient pu leur apprendre à réfléchir autrement. La maladie d'A., riait Aziza, c'est la maladie d'Abrutissement. Il n'y a pas que les vieux qui perdent la mémoire. Il y a aussi les jeunes qui n'auront pas le temps d'en avoir une. Je suis venue ici quand il est devenu trop dangereux de rire là-bas.

Au bout du couloir, face à l'ascenseur, niveau moins un, repose un Baby-foot oublié dans la pénombre, comme un gros buffle assoupi. Personne n'y joue. Chaque fois que je passe par là, je me demande si cette machine a été livrée en prévision d'un atelier "réflexes et détente", destinée aux résidents encore capables de faire tournoyer les matraques et de propulser la boule au fond des filets. Apparemment, le projet n'a pas été développé.

C'est là que j'ai rencontré Nour.

Dans les sous-sols de l'établissement, un garçon à peu près de mon âge, à la mine orientale, jouait tout seul au Baby-foot, à tirer des penalties et à hurler Gooooââål ! comme un chroniqueur sportif de la Radio brésilienne.

Étrange.

Dire que je me croyais la seule représentante de la classe ado à évoluer aux Myosotis.

J'avoue que la nouvelle ne m'enchantait guère.

Je lui ai lancé le plus naturellement possible un *Salam Aleïkoum !* auquel il a répondu en me tirant la langue. De la part d'un réfugié tibétain, ce geste est conforme aux règles de politesse : *Tashi Delek*, bonjour, mains jointes contre la poitrine et langue propulsée hors de la bouche comme un coucou suisse. Mais, le garçon ne paraissait ni Suisse, ni Tibétain. J'ai demandé à Aziza de me présenter ce bouffon peu disposé à la communication.

- Ah, tu ne connais pas Nour ? C'est notre visiteur du mercredi. Même en vacances, il garde l'habitude de s'occuper de sa grand-mère le mercredi, pour ne pas la perturber. Je te laisse avec lui. Vous allez faire connaissance.

Plutôt hostile le champion des manettes. Du style : "Touche pas à mon Baby !" J'avais la nette impression que ma présence ne le réjouissait pas non plus.

- Qu'est-ce que tu fais là ?

Réaction de guerrier stupide prompt à défendre un territoire qui ne lui appartient même pas. Ce n'est pas parce qu'il a une grand-mère à demeure depuis plus longtemps que mon grand-père qu'il a tous les droits et qu'il va jouer au loup dominant ! Ça suffit les machos démodés. Retournez dans vos grottes. La Préhistoire, c'est terminé !

- Tu sors la langue pour saluer ou t'es victime de maladie congénitale ?

- Je me méfie des filles trop polies pour être honnêtes !

- Alors tant pis pour toi, la politesse est mon défaut. Comment va ta grand-mère ? Qu'est-ce que la maladie lui a pris ? Est-ce qu'elle parle encore ? Mon grand-père vient juste d'arriver aux Myosotis. Il peut se laver tout seul si on lui dit de le faire. Il raconte des histoires sans queue ni tête comme un carré de poisson surgelé. Je sais, c'est pas drôle, mais toi non plus, t'as pas l'air marrant. Mon grand-père, lui, cherche encore à séduire. Attention, il faut dire à ta grand-mère de se méfier…

- Il crèche où ton grand-père ?

- Aux Mirabelles.

- Eh bien qu'il y reste ! Et toi avec !

Hasna, tu vois la scène ?

Coq oriental contre renarde pâle ! Crocs contre ergots.

À moi la ruse !

J'ai sauté sur les manettes de l'équipe des maillots rouges, attrapé la balle blanche, frappé nerveusement le montant du Baby, levé les pattes de mes milieux de terrain et lancé le défi qu'aucun petit mec ne peut entendre sans réagir :

- 10-0 pour moi, d'abord. Ensuite, on va voir ta grand-mère !

J'avais calculé le risque. Je suis entraînée. Mes frères, "singes juniors" pour les intimes, ont reçu un Baby-foot à Noël. Depuis six mois, je joue contre eux deux. Au début, je les assommais avec des scores sans appel. Depuis, j'ai réduit la frappe pour ne pas les décourager. J'adore ce jeu. Ça me défoule. J'expédie toutes les tensions familiales au fond des cages. Je tiens à ce que mes frères continuent à me donner la réplique en espérant qu'ils progressent un peu. En arrivant, au premier coup d'œil, j'ai mesuré les limites de l'adversaire : Nour tire au but comme un manchot de l'Antarctique. Un célèbre proverbe prévient : Celui qui mouline et passe ses nerfs sur la matraque, aura des trous en défense et une piteuse attaque !

Nour m'a regardée droit dans les yeux en plissant les siens, déjà joliment bridés.

- Je ne sais pas jouer.

Je m'en doutais. Il a aussitôt contre-attaqué :

- Mais toi, qui te prends pour une infirmière diplômée, qu'est-ce que tu sais de la maladie d'Alzheimer? Et qu'est-ce que tu connais des Myosotis à part les Mirabelles? Je parie que tu n'es même pas entrée aux Airelles, aux Nèfles, aux Kumquats, aux Kiwis, aux Goyaves. Ma grand-mère vit aux Nèfles. Depuis plusieurs années déjà. Ici, ce n'est pas un terrain de jeu, ni un club de rencontres. Ton grand-père peut bien danser avec la psychologue si ça lui chante, ou embrasser l'aide-soignante. Ma grand-mère ne danse pas. Dans son pays, la danse était interdite aux femmes et le chant aussi. Mais elle chantait quand même pour calmer les gamins du quartier qu'elle cachait sous sa maison pendant les pluies de feu.

- Les pluies de feu? Elle vivait sous un volcan?

- Déluge de bombes, crachat de mitraillettes, tirs de canons : tu préfères?

Nour a tourné les talons et s'est engouffré dans la cage d'escaliers. Il voulait me signifier que je ne méritais pas d'autres explications, qu'il n'avait pas de temps à perdre avec une fille exubérante qui confond la violence de la nature et celle des hommes?

C'est mal connaître Clara, mon bonhomme!

Je l'ai suivi.

Il a poussé la porte des Nèfles.

Il savait que je le suivais.

Il s'est dirigé vers une petite femme à la peau sombre, ridée comme un pruneau, tassée dans un fauteuil du salon, sanglée comme un bébé dans une voiture. À la vue de Nour, elle a tendu les mains, puis agité le bras droit. De l'écume bouillonnait aux commissures de ses lèvres à défaut de mots qu'une déflagration dans sa tête avait anéantis à jamais. Elle a planté ses yeux noirs dans les miens. Hasna, quelle émotion ! Son regard n'était pas vide. Au contraire. Je l'ai senti envahi par un spectacle, un seul, qui avait effacé tous les autres, qui avait noyé le passé et l'avenir dans une même boue.

- Quand l'orage gronde, grand-mère enfouit sa tête sous l'oreiller. Le feu d'artifice du 14 juillet la terrifie. On la retrouve grelottante, recroquevillée dans le bac à douche. Au passage d'un avion à réaction, elle se met à hurler et la maîtresse de maison a le plus grand mal à la consoler.

Nour s'est accroupi près de son aïeule, a cherché sa main, l'a placée sur son front, en quête d'une bénédiction.

- Trop d'avions ont survolé sa maison.

Et Nour, assis en tailleur à même le sol comme un conteur, se mit à murmurer les confidences que sa grand-mère avait faites à son arrivée en France, avant que son esprit ne migre vers la démence. Plus tard, son père les avait traduites pour ses frères et lui qui ne parlaient pas la langue de leurs origines. Aujourd'hui, c'était comme si les souvenirs passaient directement de la vieille femme à son petit-fils à travers cette main qu'elle gardait posée sur son front.

- Est-ce que tu peux imaginer un bazar d'Asie centrale avec des fumées bleues d'encens et les vapeurs des maisons de thé ? Les vieux marchands de fruits teignaient leur barbe au henné et frottaient les pommes contre leurs chemises pour qu'elles soient les plus brillantes du pays. C'était une fierté sans orgueil. Comme les allées du souk étaient couvertes de canisses, le soleil restait en dehors du secret des échanges et les péripéties du marchandage gagnaient en fraîcheur. Le quartier des bijoutiers regorgeait d'or et de lapis-lazuli, les pierres bleu nuit qui capturent le mystère des noces. Les poudres d'épices émergeaient de sacs ventrus et formaient une succession de tas hérissés de pics, pareils à une chaîne de volcans aux flancs lisses et colorés. Le bazar vivait en permanence une éruption de senteurs. Les vendeurs de zinnias aux yeux rehaussés de khôl tendaient des bouquets aux passants en plaisantant et les éleveurs de perdrix encombraient les rues de mille cages en bois. Couraient des hommes courbés, à la mine ronde et rouge, aux yeux fendus ; ils portaient sur leur dos de lourdes claies chargées de raisins. Les feuilles qui dépassaient leur faisaient des ailes, et même si le métier de portefaix leur attirait le mépris, on pouvait le temps d'une seconde les prendre pour des anges. Le sol des auberges était couvert de tapis, les affamés assis en tailleur réclamaient du riz au mouton et au raisin. Et tandis qu'ils mangeaient avec les doigts, il y avait toujours un musicien au lourd turban qui jouait du luth et chantait des poèmes pour louer la beauté d'une femme entraperçue. L'espoir d'amour faisait tournoyer les danseurs mâles comme des aigles et les armes ne claquaient que pour ponctuer la joie. En tirant des coups de fusil en l'air, les hommes prenaient le ciel à témoin des bienfaits de la paix.

Nour semblait réciter un poème appris par cœur.

Il prit la main de sa grand-mère et la serra dans la sienne. La voix de son petit-fils avait le don d'apaiser la vieille femme. Était-elle vraiment vieille ? Ses yeux fixaient avec une douloureuse intensité un obstacle qu'elle cherchait à percer sans y parvenir. Nour continua de parler, mais je ne suis pas sûre qu'il s'adressait à moi :

- Tu vois, cette petite femme rétrécie comme un oiseau a toujours été une personne forte, de corps et d'âme. Tu peux l'imaginer ? Elle a tout perdu, sa pensée et sa chair. La guerre a rongé sa vie jusqu'aux os. Son mari est mort. Son fils unique, mon père, a quitté le pays pour fuir les luttes fratricides, inspirées par l'orgueil stupide des uns et des autres, attisées par les convoitises de nos voisins, tous ogres et loups. Les maisons de notre quartier tombèrent, victimes de la violence des uns et des autres, les arbres s'écroulèrent. La rivière était en crue grâce à l'afflux des torrents de sang. Les femmes de ce pays, tyrannisées par les uns et les autres, étaient en ruine. Les femmes de ce pays, punies d'être femmes par des combattants au ventre et à l'esprit mal nourris, se cachaient sous les décombres et vivaient des existences indignes de l'humanité. Parmi ses sœurs qui allaitaient la peur sous les draps grillagés de la honte, elle seule, ma grand-mère, s'avançait vers les soldats et osait les défier. Elle leur arrachait des enfants, des filles promises à de sanglants exercices, et elle les maudissait. Elle a toujours trouvé du pain pour calmer la faim de ses orphelins alors que la seule farine disponible au marché était la poussière des combats. Elle n'a jamais quitté sa maison dont le sous-sol servait de refuge. Elle était convaincue de sa mission.

La seule fois où elle a quitté sa demeure aux murs criblés d'impacts, c'est quand je suis né, moi l'aîné de mes frères. Le message de ma naissance a traversé les frontières, les barrages, les contrôles, et lui est parvenu. Un miracle. Depuis vingt ans, elle attendait une bonne nouvelle de la vie. Sans hésiter, elle est partie. Elle a pris la route qui permet de sortir de l'enfer et de téléphoner au reste du monde. Rien n'arrête une femme comme elle. La voix lointaine de mon père lui a confirmé que j'existais, quelque part, en France. Elle a rendu grâce à Dieu et s'est écroulée. Un instant de bonheur suffit à rompre les digues d'une trop longue résistance. Mon père a pris l'avion. Il l'a ramenée, l'a installée chez nous. La maladie lui a accordé quelques mois de répit. Le temps de dicter son testament que mon père et ma mère écoutaient en pleurant. J'ai hérité de ma grand-mère une boîte imaginaire où sont rangés ses mots. Après s'être vidée de ses souvenirs, grand-mère a commencé à maigrir et la maladie l'a lentement envahie. Elle ne s'est pas laissé faire. Elle a lutté avec une rage qui nous faisait peur. La maladie a gagné. Elle lui a tout enlevé : les fleurs de son enfance et les jours trop courts de son bonheur conjugal. Elle ne lui a abandonné que des cauchemars. Cette maladie est un vautour.

Ce fut un moment éprouvant pour moi, Hasna.

Hadria ta mère et l'aide-soignante des Nèfles, Aziza l'infirmière, entouraient le fauteuil de la survivante et écoutaient Nour, bouleversées. Aziza me souffla que, chez elle aussi, les hommes et l'horreur avaient fait bon ménage. Nour s'est tu. Il était livide, hors de lui-même. Pourquoi avait-il ouvert son cœur aujourd'hui et pas hier ou l'an passé ? Était-ce à cause de moi ? Profitait-il de mon irruption ? Voulait-il rendre à sa grand-mère décharnée l'honneur de son histoire et qu'on cesse de la considérer comme une ombre insignifiante qui produit des cris et des déjections ? Désirait-il m'atteindre et me blesser en m'envoyant à la figure la légèreté de ma "mission" ? À ses yeux, je n'étais qu'une gentille bénévole en stage d'été. Je satisfaisais un caprice de fille gâtée. Alors que sa présence à lui, aux Myosotis, était une affaire sérieuse, de longue durée, un secours à une exilée. Tout à coup, je me sentis mal à l'aise, prise d'une envie de vomir. Je n'ai pas attendu ses explications. J'ai tourné les talons.

7

Hasna, sais-tu ce que cachent les trois lettres : MMS ?

Marmelade de Menthe Sauvage ? Bien essayé, mais raté !

Mille Millions de Sabords ? Le capitaine Haddock t'a soufflé la réponse, mais elle tombe à l'eau (ou plutôt dans son verre de whisky). Plouf.

Tu as droit à une troisième chance. Plus que dix secondes…

Morale Majorité Silencieuse ? *God save America*, d'accord, mais que Dieu sauve mon grand-père d'abord ! Tu as perdu. Tu donnes ta langue au chat ? Je te rassure, j'ai confié la mienne à Ariane, la psychologue, et en échange, elle m'a appris que MMS signifiait Mini Mental Status. Tout entrant au Myosotis subit un test neuropsychologique appelé ainsi : Mini État Mental. Léger tour d'horizon de ce qui reste dans sa tête. Grand-père, en tant que petit nouveau, devait se soumettre à l'examen de ses performances intellectuelles. Pas facile d'annoncer à Monsieur l'ex-directeur d'Alliances Françaises qu'il allait passer sur le grill, qu'il serait exposé au feu de trente questions, jugé et noté comme s'il entrait à l'école primaire. Je me suis dit : autant imposer une selle à un cheval sauvage !

Je me trompais.

Action !

Ce matin, au réveil, je lui rappelle, doucement et fermement, le rendez-vous important avec Ariane, la psychologue, pour un examen. Il déclare :

- Il n'y a pas d'hésitation.

À quoi a-t-il réagi ? Au prénom féminin Ariane ? Au mot rendez-vous ? À la perspective d'un examen qui implique une bonne présentation ? Toujours est-il qu'à dix heures, quand Ariane vient le chercher dans sa chambre, il est prêt (Merci Dounia !), rasé de près, habillé avec une touche d'élégance : polo de tennis, pantalons clairs et chaussures bateaux. Assis dans son fauteuil, serrant sa sacoche, il a l'air d'un demandeur d'emploi avant l'entretien d'embauche. Il veut bien ouvrir pour moi la fermeture Éclair. Sont fourrés dans la serviette son précieux album de timbres, trois pinces à linge et un mouchoir bleu que je n'ai jamais vu auparavant. Dans le ciel du tissu, est brodé un oiseau aux plumes rouges et bleues : une sorte de martin-pêcheur posé sur une branche feuillue. Il a dû l'acheter sur un marché artisanal au cours de ses voyages. Il paraît gêné par ma curiosité. Il reprend le mouchoir d'un geste brusque, le fourre dans la sacoche et se lève.

- On n'agite pas les pétales. Ça lui appartient.

- À qui, grand-père ?

- Elle a de l'eau dans les poches.

- Mais qui ?

- On y va, Monsieur Dunand ? propose Ariane en lui prenant le bras.

- Va petit mousse, le vent te pousse, répond Papy.

Avant d'ajouter :

- La mer est calme aujourd'hui.

Pendant le trajet, Grand-père entreprend de flatter Ariane.

- Vous, Madame, je vous ai vue beaucoup de fois, et je me disais : c'est la même… Vous êtes adorable.

Ariane remercie.

- Vous êtes en forme ce matin, Monsieur Dunand.

- C'est normal par temps… de secours.

Papy achève ses phrases en toussant un petit rire suspect. En trois semaines au Myosotis, il n'est pas sorti de son *cantou*. Cette escapade rompt le déroulement des jours auquel il commence à s'habituer. Son inquiétude est visible. Il se défend en bavardant. Il fait un gros effort pour paraître à la hauteur. À quelle hauteur ? Il l'ignore, mais il a l'intuition d'avancer vers une épreuve à laquelle il ne peut échapper. Je souffre pour lui.

Hasna, tu n'as jamais éprouvé, en rêve, cette sensation d'être sur une scène de théâtre, devant une foule de spectateurs, et de ne pas savoir le premier mot de ton texte ? Je fais souvent ce cauchemar. Je me tortille sous les feux de la rampe pour me composer une attitude ou lancer une phrase comique. Rien ne vient. Les gens me huent. Je propose de rembourser les billets… Je me demande parfois si Grand-père ne vit pas cette situation angoissante chaque fois qu'on l'interroge et qu'on le presse de répondre.

- Les couloirs sont longs comme ceux d'un aéroport. Vous ne trouvez pas, Monsieur Dunand ? Rassurez-vous, nous arrivons bientôt.

La psychologue présente l'escapade comme un jeu. Papy lui donne la réplique sans parvenir à masquer un trouble croissant.

- Je ne vais jamais sur la jetée voir les dauphins… Je me méfie des marins qui vous regardent en l'air…

- Nous n'allons pas au port ce matin. Demain, si on a le temps.

- Oh vous savez, pourvu qu'on ne me pousse pas dans le dos…

- Je ne vous pousse pas, Monsieur Dunand, mais avancez quand même sinon nous allons rater l'ascenseur de onze heures !

La salle de réunion sert au test du MMS.

Table de verre et meubles noirs.

MMS : Ma Mémoire Sabotée.

Je grommelle en m'installant à l'extrémité de la longue table. Je suis admise à condition d'observer le tête-à-tête de loin.

Sans intervenir.

Et quoi encore ? Je ne vais pas répondre à la place de Papy pour lui faire gagner des points.

Sans ajouter le poids de mon regard sur les épaules du candidat fragilisé. Compris ?

Très bien, je serai discrète comme l'ange qui passe.

Je le fus.

Ariane prend place en face de grand-père. Grand-père regarde ses mains. Ariane tourne ses papiers et parle à Grand-père sur un ton enjoué. Grand-père croise les doigts pour les empêcher de bouger. Ariane étale sa grille de questions et vérifie son stylo. Papy tente une dernière fois d'éloigner l'épreuve en faisant remarquer à Ariane qu'elle est vraiment charmante et qu'on ne surprend pas partout des visages aussi bien éclairés. Peine perdue.

- Alors Monsieur Dunand, comment fonctionne votre mémoire ? Vous avez une idée ?

- C'est le tour de toutes les personnes avec qui je peux faire quelque chose, les personnes ouvertes. Qu'on puisse parler ou dire quelque chose...

Je suis au bout de la table en train de bouillir. Je plante mes ongles dans la chair de ma paume. C'est affreux. Je me vois dans la peau de l'adulte qui transpire en écoutant son gosse massacrer une poésie en public, s'empêtrer dans les vers, confondre les paragraphes. Je me dis que je vais passer un sale quart d'heure. Et Papy aussi. Il finit toutes ses réponses par cet insupportable ricanement. Il cherche à mêler de la légèreté, du détachement, à la glu dans laquelle il patauge. Ariane se racle la gorge et décoche la première flèche :

- Quelle est votre date de naissance ?

- 26 février 1930

(Ouf !)

Votre prénom ?

- Serge Ernest.

(Re-ouf !)

- Bien. Avez-vous des enfants ?

- Si j'ai des enfants ? Est-ce qu'il faut le dire ? L'enfant, il est d'abord à lui et ensuite à nous. Oui, je suis papa, mais dans cet établissement, je n'ai pas d'enfants.

(Houla ! La réponse est habile. Ni oui, ni non. J'assume ma paternité, mais parmi mes enfants, à supposer que j'en ai plusieurs, celui qui m'a placé dans cette boîte, lui, il est ailleurs, mais pas ici. Tu noteras, Hasna, que je mets mes réflexions entre parenthèses par souci de discrétion. Je m'y suis engagée, même si j'enrage du peu de cas que Grand-père fait de ma présence à ses côtés, à cet instant précis).

- Et votre mémoire ?

- Ma mémoire, je la garde bien ouverte pour les conversations.

(Joli !)

- Voulez-vous à présent répondre aux questions du test ?

(Ah bon, le match n'a pas démarré)

- Laissons voguer la barque.

(Décidément la mer, toujours la mer !)

- En quelle année sommes-nous ?

- Ça, c'est votre roue. Vous me demandez une chose ! Elle viendra…

(Aïe, l'horloge est en panne ! Je soupire sans bruit)

- En quelle saison sommes-nous ?

- En été encore.

- Quel mois ?

- Là, vous me chopez par surprise. Le 9 ou le 8 août. Je dirai le 9 août.

- (N'importe quoi ! On vient juste de fêter le 14 juillet. Ce n'est plus le feu d'artifice dans sa tête.

Mon cher Papy, si étincelant autrefois, souffre de désorientation temporo-spatiale, selon le terme consacré. Il n'identifie pas les lieux où il se trouve et n'attache plus d'importance au déroulement du temps. Il laisse le calendrier agir à sa guise : les saints peuvent bien aller danser et intervertir les fêtes, à vrai dire, il s'en moque).

- Quel jour de la semaine ?

- Non vraiment, je ne sais pas. Si vous voulez, je suis un garçon qui, dans, on peut dire, que si on a la personne en face, et les dates, ça m'est complètement égal...

(Quel Charabia ! Heureusement que je note ses phrases, Hasna, autrement j'aurais du mal à rendre compte de la séance. En tout cas, c'est bien ce que je disais : Autant en emporte le temps. Il y a du vent dans l'agenda...)

- Et si je vous demande le nom de l'endroit où nous nous trouvons ? Comment s'appelle la résidence ?

- C'est un hôtel éloigné du bord de plage. Je n'ai pas retenu le nom.

- Et dans quelle ville ?

- Lyon à peu près.

- Pas vraiment. Avez-vous une idée du département ?

- Oh ça, c'est sérieux. Je ne saurais vous dire. Je n'ai pas cherché à comparer.

- Dans quelle région ?

- J'aimerais mieux ne pas avoir à choisir.

- Si vous regardez par la fenêtre, à votre avis, à quel étage sommes-nous ?

- Nous ne sommes pas en étage. C'est normal. C'est notre route...

(Ariane n'en finit pas de cocher des zéros. L'addition sera facile à faire et la note salée. Et puis après tout ? *Khalas !* comme dit Hadria ta mère. Papy n'est pas à l'école. Il faut que j'arrête de le rapetisser. Il va finir le test en culottes courtes. Je dois me mettre en tête que ce grand adulte égaré nous parle d'un monde différent. De la banquise peut-être, où certaines de ses fonctions sont gelées et pas d'autres. Ariane passe sa main dans ses longs cheveux noirs. Ça signifie : changement de chapitre. Elle plante ses beaux yeux verts dans ceux de Papy qui essuie deux gouttes de sueur sur son front. La voix de la psychologue est suave).

- Je vais vous dire trois mots. Je voudrais que vous les répétiez et que vous tentiez de les retenir, car je vous les redemanderai tout à l'heure : cigare, porte, fleur. Répétez les trois mots.

- Cigare, porte, fleur.

(Un point)

- Très bien. Voulez-vous compter à partir de cent en retirant sept à chaque fois. Cent moins sept ?

Papy émet un grincement plaintif.

- Cent moins sept ? Cent deux.

- Continuez : cent deux moins sept ?

- Cent terres, cent mers, cent soucis. Et là, vous êtes d'accord, le calcul mental, j'aime sans plus.

(Sans plus ou cent plus ? Cent plus sept égales : sans cette maladie, cent sept maladies. Le compte n'est pas bon. Le test se complique)

- Épelez le mot MONDE en partant de la fin.

- Que cherchez-vous à savoir avec le monde ? La fin est dans l'eau. Vous avez ça pour la réponse. Laissez tomber, on ne peut plus rien voir. C'est profond.

(J'ai parfois l'impression que Papy use d'un langage codé. Je ferais bien d'examiner certaines de ses phrases à la loupe. Le journal que je t'écris, Hasna, et les notes que je prends vont m'être plus qu'utiles. Encore merci).

- Quels étaient les trois mots que vous avez répétés tout à l'heure ?

Grand-père fait la moue.

- Quelque chose qui se fume...

- Je ne fume pas.

- Cigare.

- Je ne fume pas de ma vie.

- Le second mot, une clé peut l'ouvrir...

- La clé d'un étroit ? La fenêtre a un repère. La vague ne s'ouvre pas.

(La vague ne s'ouvre pas. Tiens donc ! Et s'il y avait un sens très caché à ce désordre ?)

Ariane brandit un crayon.

- Quel est le nom de cet objet ?

- Un crayon.

(Ah quand même !)

Ariane tend sa montre.

- Et celui-ci ?

- Une montre. Vous avez besoin de tout ça ?

- Écoutez bien et répétez après moi : Pas de si ni de mais.

- Pas de si si... Je ne retiens pas.

(Je sens Grand-père battre de l'aile comme un goéland blessé. Ses lèvres tremblotent, son sourire divague. Ariane pose une feuille de papier sur la table et lui demande de la saisir avec la main droite, de la plier en deux et de la jeter par terre. Je suppose qu'elle vérifie les capacités du patient à résister à un ordre absurde. L'obéissance, dans ce cas, est-elle un bon signe ? Papy s'exécute).

- C'est bizarre ce que vous me demandez. Et ça va rester ?

(Contrarié, il ramasse la feuille, puis cherche à casser ce jeu idiot en puisant dans ces réserves de séduction).

- Où est-ce que je vous ai connue beaucoup ? Aidez-moi !

Ariane, bienveillante mais imperturbable, lui tend un autre bout de papier sur lequel il est écrit : FERMEZ LES YEUX.

- Maintenant, lisez et faites ce qui est écrit.

(Mon grand-père géant s'exécute sans broncher. Il boucle ses paupières Je me liquéfie. Je voudrais qu'il réagisse, qu'il se dresse et frappe sa poitrine comme un gorille, qu'il grogne comme le lion de la Metro Goldwyn Mayer, qu'il tape des pieds comme un danseur de flamenco, qu'il déchire la feuille d'un grand Z... Stop, Clara, tu commets l'erreur typique des proches parents : la projection ! Tu voudrais voir ton malade autrement, tu le déguises avec tes fantasmes. Laisse tomber. Tu fais fausse route. Accepte-le comme il est devenu. Reprenons. Ariane enchaîne les tests sans relâche. Elle tend de nouveau une feuille et un stylo).

- Voulez-vous m'écrire une phrase, ce que vous voulez, mais une phrase entière avec sujet, verbe, complément.

- Qu'est-ce que vous voulez que je vous dise ?

(Panique complète. Grand-père, dans un coin de conscience, doit garder l'idée que l'écriture faisait partie de ses compétences. Il a peur de l'échec).

- Je ne sais pas si je vais faire des fautes ou pas... (On a connu le film de l'arroseur arrosé. J'assiste au tournage de l'examinateur examiné. Tragique !)

- Je ne vois pas quoi mettre. J'ai rien qui me surprend...

(Et puis tout d'un coup, le stylo s'anime. Papy s'applique à graver des mots en lettres capitales. Je tends le cou pour lire).

- Montrez-moi, Monsieur Dunand ?

- LA MER EST CALME.

Soudain, Papy reprend la feuille et ajoute :

- PAS MON CŒUR.

- C'est une très belle phrase. Elle vient de loin, Monsieur Dunand ?

- Ne dîtes pas Monsieur Dunand comme ça. Vous me donnez une sorte de contact...

(Hasna, j'arrête la retransmission en direct. Peu importe les réponses suivantes sur la guerre de 14-18 ou sur la capitale de la France. Papy a rayé pour toujours Paris de ses cartes mentales. Tant pis pour la Seine et la Tour Eiffel. Ce qui est important pour moi, c'est la phrase : "LA MER EST CALME. PAS MON CŒUR". Ariane ne peut percevoir la portée de ces mots, de ce qu'ils éveillent en moi. J'ai l'impression que Papy, l'air de rien, me jette des poignées de verres brisés, des éclats de son âme morcelée. À moi de les assembler, d'étaler le puzzle que Jordi mon père n'a pas réussi à reconstituer. Au risque de me couper. La mer obsède Papy depuis son entrée aux Myosotis. C'est elle qui lui a volé Carla sa femme, ma grand-mère. Je sens une houle qui se lève et bouscule mes pensées. Papy a-t-il conscience que je l'écoute ou se libère-t-il, sans entraves, d'un poids ancien ? Ariane, elle, s'inquiète des sentiments de son résident vis-à-vis de l'institution. Elle croit lire derrière ce "Pas mon cœur" un rejet du placement, une souffrance dont il faut prendre compte).

- Vous sentez-vous bien ici, Monsieur Dunand ? Vous avez des problèmes ?

- Non, c'est bien. J'aime beaucoup ce qu'on fait ici. Quand on est dehors, en rendez-vous, je dois prouver qu'on demande la chose...

- C'est sûr ? Vous n'êtes pas triste ? Angoissé ?

- Quand on est ici, forcément on a envie de sortir. Mais pour sortir, il faut le mériter. Et ce n'est pas tout le monde...

Ariane n'est pas rassurée par les réponses. Elle insiste :

- Avez-vous des occasions de vous énerver ici ?

Papy enfle la voix et lâche :

- Pas du tout. Je suis quelqu'un... Non, il y a des choses qui... La connerie. La grande connerie, ça m'énerve. Les personnes comme ça, je vais les regarder sans intérêt.

(Je pouffe. Mon rire surprend grand-père. Il se tourne vers moi, étonné par ma présence qu'il a occultée pendant l'entretien. Il semble sortir d'un ascenseur rapide, descendre d'une télécabine, ou émerger d'un vaisseau plus spatial encore. Sa réaction me cloue sur la chaise).

- J'aime bien cette petite jeune fille là-bas parce qu'elle a un sourire…

(Mon sourire se fige. À cet instant, il ne m'identifie plus. Je fais partie du personnel).

- Et qu'est-ce qu'elle écrit de tant… Pour m'attraper ?

- Mais non, voyons, c'est Clara, votre petite-fille qui passe ses journées avec vous. Vous m'avez dit que vous n'avez pas d'enfants à la résidence, mais votre petite-fille est bien ici avec vous…

- Ah oui ?

(J'entends l'interrogation et le doute dans la réponse de Papy. Il ne réalise pas ce que dit Ariane. Il est déconnecté. Le test a épuisé son énergie. Il se réfugie dans une hébétude tranquille avec le panneau “Prière de ne plus déranger”, accroché au cou. Ariane perçoit les premières gouttes de pluie dans mes yeux. Elle s'empresse de conclure la séance).

- Maintenant, vous allez goûter, cher Monsieur.

- Ah bon ? On est obligé de goûter ?

Si, à l'aller, Papy a marché vers l'épreuve avec aisance et sans assistance. Au retour, nous devons l'encadrer et le tenir fermement par le bras. Il avance à petits pas traînants et se laisse porter par deux jolies filles. Il paraît content.

Ce soir, Hasna, je me sens lourde et vieille.

Si je n'avais pas pris la résolution de t'écrire, je crois que j'aurais commis l'irréparable : bouffer un kilo de frites trempées dans de la crème au chocolat ou, pire, m'abrutir devant des jeux de plage inter-villes à la télé. Ta mère m'a récupérée découpée en confettis. Je lui ai demandé : Hadria, est-ce que tu crois que je suis orgueilleuse ? Est-ce que je fais tout ça par vanité ? Pour me grandir par une bonne action ou pour prouver à mon père que je peux percer le mystère de Grand-père alors que lui, il s'y est cassé les dents ?

Tu sais ce qu'elle m'a répondu ?

Elle m'a raconté une histoire.

- Clara, tu veux vraiment savoir ce qu'est la vanité ?

- Oui.

- Alors écoute ce que le vent nous a appris un jour qu'il soufflait d'Orient, à l'avant d'une caravane de nuages chargés de légendes.

Il était une fois le Premier ministre d'un royaume prospère d'Asie. Cet homme autoritaire dirigeait le gouvernement d'une main ferme. Toutefois, il n'était pas dépourvu de sagesse. Il prenait la peine de consulter un maître soufi qui vivait retiré dans le désert, à l'abri des passions qui agitent le cœur des hommes. Il allait le voir pour abriter ses jugements derrière les conseils de l'ermite. Le Premier ministre lui relatait le spectacle de l'orgueil qui se rejouait chaque jour à la cour du roi. Il en riait même et disait au sage : Pouvez-vous imaginer, Maître, des êtres de rangs bien inférieurs au mien se pavaner, se rouler dans la vantardise, se draper à ce point dans la vanité ? Le vieil homme fixa le Premier ministre et, d'une voix calme, lui répondit : Et ça t'étonne, crétin ? Le haut fonctionnaire faillit s'étrangler de stupeur. Il menaça l'ermite : Comment osez-vous me traiter de la sorte ? Le sage lui rétorqua sans sourire : Eh bien, tu le prouves toi-même, c'est cela, la vanité.

Hadria plongea une main gourmande dans la boîte de loukoums. Et répéta :

- Carla, tu vois, c'est ça la vanité. Tu en es loin. Tu peux dormir tranquille. Bonne nuit.

8

Hasna,

Il fait chaud et encore clair.

Le soir descend en dansant sur un air de Reggae qui monte des trottoirs du quartier.

La fenêtre de ta chambre est ouverte. Je t'écris.

Voici le Journal de vingt heures de TV Myosotis. Dernières nouvelles.

Le mois de juillet a vingt jours. Déjà.

Je n'ai pas revu Nour depuis notre rencontre houleuse.

Je ne suis pas sûre d'avoir envie de recroiser son regard soupçonneux.

J'évite donc les Nèfles le mercredi, ainsi que le sous-sol du Baby-Foot.

J'y retourne les autres jours.

J'aime bien le visage de sa grand-mère, modelé par le vent des steppes, tour à tour chaud et glacial. Pour moi, elle sort tout droit du roman de Kessel, “Les cavaliers”. Je l’ai lu trois fois. Primo, parce que l’auteur ressemble à Grand-père (je te l’ai déjà dit). Secundo, parce qu’il m’a tellement fait rêver avec les courses infernales des cavaliers se disputant la dépouille d’une chèvre décapitée dans une tempête de poussière. Alors, quand je contemple cette dame orientale sans âge et sans langage, je mets ma petite caméra intérieure en marche. Je la suis jusqu’à son ancienne demeure, dans son pays si loin. Je cours après son passé.

De notre envoyée spéciale, Clara, en Asie centrale.

Images.

Je la vois déposer la pâte à pain sur un coussin qu’elle va plaquer contre les parois brûlantes d’un four, creusé dans le sol, comme un puits.

Je la vois décrocher les galettes cuites à l’aide d’un crochet en fer et les lancer fumantes dans une corbeille devant les mines rougeaudes de gamins affamés, battant des mains, gloussant de plaisir.

Je la vois prélevant une rose du seul rosier de son jardin épargné par la guerre.

Je la vois préparant le thé.

Images.

Je la “filme”, ici, à présent : elle poignarde les murs de ses yeux plus noirs que l’orage en espérant qu’ils se fendent, s’ouvrent et la libèrent.

Quand je pousse la porte du *cantou*, je la trouve juste derrière, prête à filer. Veut-t-elle retourner dans sa maison d'avant, remplie d'enfants, quelque part dans une ville du monde, ébréchée et calcinée ?

Images.

Souvent, elle pleure et trépigne au moment des repas. À peine a-t-elle ingurgité une cuillerée de bouillie qu'elle en réclame une autre à grands cris. Ses protestations réveillent l'angoisse d'un vieux militaire qui réagit aussitôt en tapant sur la table, le visage déformé par la peur. Il ne faut pas laisser le vacarme s'installer dans le *cantou*. Les résidents ne filtrent plus les agressions sonores, même insignifiantes. Pour eux, elles deviennent explosions, rafales ou foudre. Ils se recroquevillent et geignent. On les berce pour qu'ils se calment. Hadria, ta mère, me l'a appris.

Commentaire d'Hadria (en voix off sur mes images intérieures) :

- Pour eux, toute rupture dans les habitudes est violence : l'absence d'une maîtresse de maison, l'intervention d'une remplaçante, la nervosité d'une soignante épuisée, un décès, l'intrusion d'un nouveau pensionnaire, une visite inattendue, le déclin du jour, le tonnerre, un geste brusque, la modification du rituel de la toilette… Ah, la toilette ! Quel acte délicat ! Il faut éviter à tout prix de modifier l'approche du corps : penser à bien diriger le jet de la douche vers la poitrine d'abord, doucement, vers le cou ensuite, puis la tête, délicatement, vers les zones plus intimes après, les jambes, le dos... Malheur à la débutante qui vise d'emblée le visage et éclabousse les yeux ! Elle risque de recevoir un coup-de-poing dans la gueule et une giclée d'injures sonnantes et trébuchantes.

Je continue mon film.

Ma petite caméra intérieure tourne. Aujourd'hui je me prends pour un reporter dans un camp de réfugiés de la maladie d'A. Je tends le micro à Solange. Gros plan sur une femme métisse, maîtresse de maison à la démarche îlienne et au sourire chantant. J'interroge :

- Comment répondre à l'agression d'un résident ?

Solange passe bien à l'écran. Elle parle avec émotion et assurance.

- Si l'un de mes patients m'insulte, je chante des psaumes ! Je voudrais, une fois, avoir les yeux de Dieu pour voir mes protégés tels qu'il les voit. Je prie : Mon Dieu, aide-moi à les aimer ! Donne-moi de la compassion et de la patience. Mon Dieu, protège-moi. Ma foi me permet de tenir, sinon je serais partie depuis longtemps. Je dis : c'est une mission. Je fais ce métier avec amour : pour que mes malades soient bien. Avec conscience : j'aime qu'ils soient propres. Les gens nous admirent. Ils disent que nous affrontons l'horreur. Quand tu les nettoies, oui c'est dur. Quand ils crient, oui, c'est dur. Alors je chante et ils se calment.

Alléluia !

Notre bulletin d'informations s'achève sur une note optimiste.

La nuit est arrivée dans un crissement de pneus. Les voitures font la course avec l'ennui et sèment dans le quartier abruti de chaleur des traînées de musiques fortes.

Après le bulletin météo local (orages prévus pour fin juillet), la météo internationale des plages (espoir de ciel pur au-dessus de la Tunisie) et une page de publicité sur les vertus du chocolat pour l'entretien de la mémoire, je te réserve, Hasna, une soirée exceptionnelle : une édition spéciale de notre série “Les grandes enquêtes”, consacrée à l'influence de l'art sur la valorisation d'individus atteints par la maladie d'A. On retrouve au générique mon grand-père, candidat volontaire à l'expérience hebdomadaire d'art-thérapie. Et moi, Clara, fermement décidée à le suivre dans tous les ateliers qui lui ont été proposés à la suite du MMS et d'autres tests pour stimuler ses capacités d'attention, de communication, et pour maintenir son expression orale. Wanda, l'infirmière en chef, et Ariane, la psychologue, ont dessiné avec Papy son projet de vie : il profitera des séances de jeux relationnels, de mouvements, de sensorialité, de langage, d'écoute musicale et de peinture. Rien que ça.

Grand-père a dit oui à tout. J'essaie d'imaginer mon Papy géant jouant au ballon et au cerceau, en écoutant Claude François, lui qui a toujours été fanatique de Jazz et de Blues. Cet été n'a pas fini de me réserver des surprises…

Premier épisode : Art-thérapie.

Dans l'ascenseur, je demande à Grand-père s'il a déjà manié un pinceau ? Il émet une réponse brève :

- Stylo oui, pinceau non.

Je sais que, toute sa vie, il a aimé la peinture et la sculpture.

- Musées oui, pinceau non.

Bon, j'ai compris.

- Alors ça va ? Tu n'as pas peur de peindre ?

C'est fou ce besoin que j'ai de le surprotéger. Il faut que ça me passe.

- La peinture est le plus court chemin entre le ciel et l'eau…

Le temps de saisir le sens de sa réplique, nous atteignons l'atelier. Papy me prend la main.

- Tu ne veux pas rester cette nuit avec moi ?

- Non, je ne peux pas.

- Mais si tu peux, j'ai une grande chambre.

- Impossible.

- Pourquoi ?

- Je suis ta petite-fille, Clara. Je dois rentrer.

- Ah bon ! Tu reviendras ?

- Je viens te voir tous les jours, Papy.

- Qu'avez-vous toutes à vous envoler ?

- M'envoler ?

Il me tourne le dos sans répondre et entre dans l'atelier en conquérant. Je le suis en grimaçant, comme chaque fois qu'il me confond avec Carla. Nous sommes les premiers. Les autres participants arriveront plus tard au bras d'une aide-soignante, orientés par Ariane la psychologue. Maguy, art-thérapeute, ouvre de grandes boîtes de couleurs qu'elle étale comme des boules de glaces dans des barquettes en polystyrène. Elle porte un tablier tibétain en guise de blouse d'artiste et de drôles de chaussons rouges venus tout droit de l'Himalaya. Derrière de grandes lunettes rondes, Maguy a des yeux qui pétillent comme des feux de Bengale.

- Ah, Monsieur Dunand, je vous attendais. Bienvenue. Je vous prépare un assortiment de couleurs fraîches. Et toi, Clara, tu veux bien m'aider à passer un tablier à ton grand-père. Je crois en avoir un à sa taille, du XXL.

Elle a déjà disposé une douzaine de feuilles blanches sur des chevalets. Ces cadres vides m'effrayent. Je vais devoir en remplir un. Papy se laisse faire. Deux femmes l'habillent. Il aime bien. Mais je le sens pressé d'en découdre avec son rectangle de papier. Il fixe intensément celui que Maguy lui désigne.

- Vous voulez la feuille horizontale ou verticale ?

- Verticale.

Il demande :

- Vous avez des modèles ?

- Non, je n'en donne pas. Vous les avez en vous, vos modèles. Il suffit de fermer les yeux pour voyager au plus profond de vous. À un moment donné, vous atteindrez un endroit que vous aimez bien. Quand vous aurez trouvé le paysage qui vous convient, alors vous pourrez commencer...

Ah bon.

La voix de Maguy est soyeuse, joyeuse et persuasive ; son énergie communicative. Mais je trouve l'exercice périlleux. Papy hoche la tête. Il approuve. Ça lui parle. Je le vois se pencher en avant, nuque baissée, comme s'il fouillait son ventre à la recherche du fameux paysage. Il a choisi un pinceau large qu'il brandit comme un sceptre. Sa barquette de couleurs repose en équilibre sur sa cuisse gauche. Ses paupières sont closes. Il obéit à la consigne. Il est en plongée. Pas moi.

- C'est valable pour toi, Clara !

Je n'y parviens pas. Je ne peux pas faire deux choses à la fois : observer Papy et explorer mon jardin secret. Les autres participants débarquent en traînant les pieds. Il y a des collisions de fauteuils roulants. On procède à la cérémonie des tabliers. Les arrivants émettent un petit bonjour modeste en échange des salutations sonores de Maguy. On les pousse vers leur place habituelle. Et là, c'est étrange : les chancelants, les plus absents, tous se mettent en mouvements. Maguy propose des craies, des feutres, une spatule, un bouquet de pinceaux, des fins, des gros, ou encore des pages de magazines à découper, à coller au centre de la feuille blanche, pour varier les techniques.

Un monsieur maigre comme un épouvantail au long nez démarre au quart de tour. Il peint des lignes de grands V bleus qui s'évasent pour finir en U bleus. Je lis des suites de VU bleus. Ça me rappelle les exercices d'écoliers qui tracent des majuscules à l'infini. Ou encore, un toit couvert de tuiles bleues.

Sa voisine se balance sur sa chaise d'avant en arrière en soufflant comme une forge. Elle cherche le déclic. Maguy a plaqué sur sa feuille une image qu'elle a choisie : l'intérieur d'un corps humain. Après avoir longtemps hésité, en une seconde, elle attaque. Elle peint par-dessus la photo, souligne en rouge une portion d'intestin, puis balafre le contour de l'image de traits colorés, de griffures. Elle s'adonne à une chirurgie. Elle opère à deux mains : dans l'une un pinceau, dans l'autre un rouleau. Elle suture et applique des compresses de points rouges. Elle fait des efforts, tire la langue, souffle et gémit comme un moteur poussé à plein régime.

À côté d'elle, une autre femme peint des vagues. Elle fait surgir une mer complexe au moutonnement multicolore. Elle passe et repasse son pinceau sur ses premières ondulations. Les teintes deviennent subtiles. Si Maguy s'approche, elle suspend son geste et dit d'une voix faible, la tête penchée :

- Oui, c'est joli, c'est bien joli…

Et c'est vrai.

L'homme qui occupe l'espace suivant a été plâtrier. Il garde des réflexes d'artisan. À grands coups de rouleau obstiné, il couvre le bas de sa feuille d'une belle couleur lie-de-vin qu'il étire et lisse. Puis il change de teinte et balaie la moitié verticale du tableau d'un rouge sombre. Les couleurs se mêlent, la matière s'épaissit. Il entreprend ensuite de voiler l'ensemble d'un nuage brun. Sa concentration et sa détermination sont troublantes. Il obtient à la fin un rectangle ocre.

- Alors Clara, tu rêves ?

Non, j'ai peur de me lancer. Je me retiens. Les patients, eux, ils foncent tête baissée, sans se soucier du regard des témoins. Ils se moquent royalement du jugement des autres. Moi, j'aimerais bien montrer un petit bout de talent, briller. Qu'on me dise : Dis donc, pas mal, belle idée, t'as du style… C'est raté. J'ai la tête vide. Si je plonge mon regard dans mon puits intérieur, qu'est-ce que je vois ? Papa, maman, Clara et les deux singes juniors. Ébouriffant ! Je vais produire le dessin du siècle : la maison qui fume, le soleil hilare au coin gauche de la feuille, l'arbre majestueux, des mouettes dans le ciel, et les cinq personnages familiaux qui lèvent les bras dans un bel élan de joie de vivre. C'est nul. Je panique.

Je louche du côté de Papy. Je suis sidérée. Ça marche pour lui. Il exécute des tourbillons verts, un grand cyclone qui part d'un œil central. La spirale prend une telle ampleur qu'elle déborde du cadre. Grand-père peint même le chevalet. La feuille est trop petite pour lui. Il lui faudrait le mur. Quelle énergie ! Tout d'un coup, je le vois prendre du bleu à pleines mains et frapper le tableau de ses dix doigts. Une pluie de grosses taches bleues se mêle à la tempête verte. Je me tourne vers Maguy pour guetter sa réaction. Est-ce qu'on a le droit de faire ça ? Va-t-elle intervenir pour limiter les excès ? Au contraire, elle sourit et m'adresse un clin d'œil complice. C'est moi qui me fait enguirlander.

- Clara, tu comptes rendre feuille blanche ?

Alors je triche. Je prends Papy comme modèle et je dessine en toute hâte une silhouette de pêcheur en ciré jaune sortant de l'onde pure d'une rivière un A majuscule pris à l'hameçon.

Pas mal.

Grand-père se retourne et demande brutalement à Maguy un magazine et des ciseaux. Il arrache dans les pages de mode un défilé de maillots de bain. Il montre du doigt ce qu'il souhaite : des cercles prélevés dans des bonnets de soutien-gorge. L'art-thérapeute découpe, enduit de colle dix bouts de papier ronds et les tend à Papy qui les place à sa guise au cœur de sa tourmente verte. On dirait dix pierres balancées dans une eau agitée.

Plus que pas mal.

Surtout pour quelqu'un qui prétend n'avoir jamais tenu un pinceau de sa vie. Je n'y crois pas. Suis-je fière ou jalouse ?

Je te jure, Hasna, cette heure d'atelier n'a pas fait soixante minutes. Trop courte.

Maguy frappe déjà dans ses mains. Elle réunit toutes les productions, les affiche face aux auteurs. Elle demande à chacun un commentaire. Les participants sortent de leur silence. La plupart d'entre eux répondent par un sourire ou un borborygme content. Une dame affirme qu'elle a voulu faire un soleil qui pisse des rayons sur des arbres ronds. On applaudit. Une autre a tissé aux feutres un écheveau compliqué de fils de différentes couleurs et dit que c'est une fleur bien mignonne. Je remporte un franc succès en nommant mon tableau : le pêcheur du A d'Amour. Papy prend alors une voix solennelle pour expliquer qu'il pleut des cailloux amers sur la mer. Tiens, je ne m'étais pas trompée.

Au moment de raccompagner Papy aux Mirabelles, Maguy me retient :

- Laisse-le cinq minutes au bon soin d'Ariane. Reste avec moi. Tu vas m'aider à ranger.

Maguy est contente. Elle dit que mon grand-père est une excellente recrue. Il a exprimé le désir de revenir la semaine prochaine. C'est bon signe.

- Tu sais, Clara, ici la vie est faite de cris et de mauvaises odeurs. Tu l'as constaté. Si notre seul objectif était de garder les malades propres et de les calmer quand ils hurlaient, nous serions déjà tous morts d'ennui et de désespoir.

Elle classe les productions de chacun dans des grands classeurs à leur nom, pour suivre leur évolution sur des mois, voire des années.

- C'est bien ce que tu fais avec ton grand-père. Je voulais te le dire.

Elle rince les pinceaux.

- On devrait proposer à toute personne qui a un parent malade de participer à un atelier, afin qu'elle puisse constater les possibilités qui lui restent ou celles qui se révèlent. Le malade, arrimé à son fauteuil, dans une passivité et une indifférence intolérables aux membres de sa famille, redevient face à une feuille blanche un individu debout. Oui, il a essuyé une cascade de désordres, oui, il ne sera plus jamais celui qu'on a connu, mais soudain, un pinceau à la main, cet être démontre qu'il a encore une valeur. Dans le désert que crée la démence, chacune de ces productions est une fleur. Dans cette salle, je veux faire éclore le plus grand nombre de fleurs cachées, insoupçonnées. Et ensuite, je les montrerai. Dans l'espoir de changer le regard que les parents ou les soignants portent sur les malades. Ces fleurs prolongent leur humanité. Le regard extérieur captera des taches, des formes, des zébrures, des géométries variables. Le témoin occasionnel se demandera si elles ont un sens ou pas ? Ou si, parmi ces expressions, ne se cache pas un chef-d'œuvre ? Ça se peut. Là n'est pas la question. Dans cet atelier, on ne fait pas de la belle peinture, mais de la vraie peinture. Une peinture qui permet aux victimes de la maladie d'accéder, le temps d'un éclair, aux terrains vagues de leur passé, de frôler leur vie perdue. Cette peinture-là devient parole. Tu t'es rendu compte de leur éloquence...

Maguy écrit le nom de Papy sur un classeur et s'empare de sa création.

- La composition de ton grand-père me fait penser à une carte maritime avec des îles. Regarde bien. Tu ne trouves pas ?

Je regarde bien et je trouve.

Il n'y a aucun doute : les "dix pierres amères jetées dans la mer" sont disposées en fer à cheval, exactement comme les dix îles du Cap-Vert en Atlantique. Je les reconnais. Jordi mon père me les montrait chaque fois qu'il me parlait de

Carla sa mère. Impossible de me tromper. Papy a jeté sur le papier une carte imaginaire des îles du Cap-Vert, la dernière étape dans sa vie aventureuse. Cap-Vert, l'archipel où a disparu son épouse. Est-ce que je peux raconter ça à Maguy ? J'en ai le vertige. Maguy s'inquiète. Je suis plus blanche que les neiges du Kilimandjaro. Et si Grand-père me délivrait des messages à travers ses phrases bizarres et son tableau ? Et si Grand-père se libérait d'un secret trop longtemps enfoui, qu'il se moque aujourd'hui de retenir ?

9

Hasna, les pages de mon journal ont intérêt à être souples et résistantes, car je t'écris avec un stylo vibrant de colère. Non, pas de colère : d'irritation. Disons : de crispation. Et puis *khalas* à la fin ! *Khalebol,* ras le béret, la casquette et la visière de ce PPP de Nour : Pompeux, Pédant, Prétentieux. Oui, trois en un. Il se prend pour qui celui-là ? Eh bien tout simplement pour le médecin-chef. Pas moins. Aujourd'hui, il m'a joué la scène du patron accueillant la petite stagiaire bécasse pour une visite guidée des Myosotis en insistant sur les manifestations les plus représentatives de "l'attaque démentielle". Il m'a baladée à travers les *cantous* comme s'il me présentait fièrement une collection personnelle de cas exemplaires, patiemment constituée sur des années.

Dommage, car cette journée avait bien commencé.

Je suis arrivée tard aux Myosotis. J'ai soustrait deux heures pour aller à la piscine. Hadria m'a accompagnée en bonne mère suppléante, protectrice et libre de sa matinée. Si les rayons du soleil nous avaient brûlées autant que le regard des mecs, nous aurions été tannées en dix-neuf secondes vingt centièmes pour le reste de l'année. Je te jure. Ta mère est encore drôlement jolie en maillot olympique et moi, je ne suis pas mal non plus. Fières et complices, nous avons à notre tour reluqué les garçons en leur attribuant des notes comme des jurées de patinage artistique. Sauf que leurs numéros de séduction n'avaient rien d'artistique et qu'en guise de patins, ils chaussaient des gros sabots (remarque amusante vu que les dragueurs de piscine se dandinent, les pieds nus, sur les dalles incandescentes). Bref, nous avons surtout nagé dans le grand bassin de la moquerie et bafouillé quelques brasses rapides, question de se mouiller le dos et de se dorer la pilule (comparaison pharmaceutique adaptée à mon teint plus blanc qu'un cachet d'aspirine).

J'ai débarqué aux Mirabelles, contente et rafraîchie. Je chantonnais en foulant le linoléum chuintant du salon. Et là, le scalpel de la surprise trancha net le fil de ma bonne humeur. Nour jouait de la flûte, et Papy, les lèvres entrouvertes, avait un sourire dans les yeux. Dounia et Zohra formaient un public attentif. Pire : captif. Le garçon multipliait les effets de torse, balançait doucement la tête en arrière; on aurait dit un bédouin en train d'enivrer les génies du désert avec la liqueur de sa musique. Il me tournait le dos. Je suis restée en retrait sur le seuil du salon, profitant de ce spectacle déroutant et irritant. Qu'est-ce que Nour fabriquait là à agiter son roseau percé sous le nez de mon grand-père ? La mélodie lente et grave m'évoquait le déplacement de cent chameaux chargés de sel et de soie. Des nomades enturbannés étaient en train de traverser le *cantou* et Grand-père, bouche béante, avalait à pleins poumons la poussière soulevée par quatre cents sabots. Sans doute se voyait-il posé sur la crête d'une dune ? Ailleurs. Très loin. Et moi, je me sentais reléguée. Qui va à la chasse perd sa place. Le serpent de la jalousie pointait sa langue fourchue. Nour suspendit la musique et récita un poème étrange. Étrangement beau. Mais, à mon avis, très macho. La voix du conteur, lente et grave, forçait l'écoute. Papy semblait ravi par le contenu simple et sensuel du texte que Nour le malin n'avait pas choisi par hasard dans le répertoire oriental.

Ainsi mes amis, lorsqu'on parle d'amour
celui qui ne l'a pas connu se sent tout drôle :
Quand une fille arrive à sa dixième année
elle devient une rose en bourgeons.

Quand elle a onze ans, regardez son visage de lune
à douze ans, il faut supporter ses humeurs

à treize ans elle devient une rose blanche pour être sentie
à quatorze, chaque coin de son corps est de miel.

Quand elle en a quinze, elle tombe amoureuse
à seize ans elle rêve déjà d'étrangers
à dix-sept, elle se promène seule
- Ne te balance pas trop, tes mèches voleront au vent.

Elle plane bien haut quand elle a dix-huit ans
à dix-neuf ans il jaillit du sang de ses yeux
à vingt ans elle se détourne de son bien-aimé
pour finir elle devient l'esclave d'un méchant.

Sans reprendre son souffle, Nour rejoua de la flûte et Dounia esquissa un mouvement de danse, la main contre le front, les épaules et les fesses saisies de tremblements. C'est en pivotant qu'elle me vit, les yeux noircis par la rage du vampire. Elle se précipita sur moi, plaçant autour de mon cou la couronne de ses bras potelés.

- Ah Clara, ma chérie, tu tombes bien. Ton grand-père nous a fait une crise d'angoisse monumentale après la toilette. On pense qu'il s'est habitué à ta présence matinale et que ton absence aujourd'hui l'a perturbé. C'est une supposition. Il n'a rien voulu avaler. Il s'est planté devant la baie comme aux premiers jours. Et il a tambouriné contre la vitre avec une force qui nous a fait craindre l'accident. Il déformait ton prénom en criant : Carla, Carla, Carla !... Impossible de le ramener dans son fauteuil. Inutile de chercher à le raisonner. C'est Zohra qui s'est souvenu que nous étions mercredi : Nour devait être dans nos murs. Il a déjà réussi à apaiser une grosse panique chez sa grand-mère à l'aide de sa flûte. La musique est un langage très efficace, surtout pour ceux qui n'en ont plus d'autres. On a téléphoné dans tous les services. On a localisé Nour, appelé au secours. Et *shouf* le résultat ! Ton grand-père n'a pas mis longtemps à retrouver sa respiration normale, à desserrer les poings et à rouvrir les yeux. Et son sourire, tu l'as vu ? *Shouf, shouf !*

J'ai surtout vu le sourire, que dis-je, le rictus de Nour, cet Ali Baba quarante fois voleur, petit séducteur des *cantous*, enjôleur, cajoleur... Et moi, plus courge qu'une citrouille d'Halloween, j'étalai une couche de mécontentement sur mon visage, visible comme du fond de teint.

- *Salam Aleikoum !*

Nour me renvoya mes salutations du premier jour sans ironie particulière. Je me précipitai vers mon grand-père pour éviter de lui répondre. Je pris la main de Papy, sans doute trop brusquement, car il la retira et exprima un mouvement de recul. Le traître ! Il me faisait payer ma récréation. Nour en profita pour m'asséner les règles élémentaires de la communication avec une victime d'Alzheimer sur le ton d'un employeur qui forme une recrue. Je crus rêver.

- Approchez-vous doucement de la personne et rappelez votre nom, qui vous êtes, ce que vous allez faire. Placez-vous bien en face d'elle, jamais en position dominante. Regardez-la dans les yeux, affichez un visage détendu. N'hésitez pas à toucher affectueusement la main, le bras. Commencez à parler à voix basse pour ne pas la surprendre. Les débits élevés provoquent la confusion et l'énervement. Employez des mots simples et faite des phrases courtes. Ne lui coupez pas la parole. Laissez la personne s'exprimer. Et dites-vous bien que si une méthode se révèle efficace un jour, elle ne le sera pas forcément le lendemain. Il n'existe pas de technique de communication idéale ni durable dans le temps.

Je maugréai :

- La tirade dure trois pages ou plus ?

Il avait le don de me faire sortir de mes gonds. Mais Nour conclut, imperturbable :

- Comprenez qu'avec un individu atteint de la maladie d'Alzheimer, il n'est pas question d'apprentissage, mais d'émotions à gérer et à transmettre.

Dounia et Zohra lui tapèrent dans le dos et s'esclaffèrent :

- Bravo Toubib !

Elles s'éloignèrent pour répondre aux appels de détresse de Mimi, une grabataire parcourue de spasmes qui répétait inlassablement “Né...

Né...Né... Né... Né...” en agitant ses doigts aux ongles peints en rouge. Un doute m’assaillit : étaient-elles complices de ce comédien de Nour ? Je le provoquai :

- Tu veux l’adresse des studios de Bollywood ? Ils embauchent des acteurs en Inde.

Nour ne daigna pas humer l’encens sulfureux de mes sarcasmes. Il rangea sa flûte dans la poche d’un élégant gilet brodé, comme s’il s’agissait d’un stéthoscope, et me dit :

- Je vais reprendre ma tournée là où elle a été interrompue par la crise de monsieur Dunand, ton grand-père. Il est sorti d’affaire à présent. Tu m’accompagnes.

Ai-je bien entendu ?

Il n’a pas proposé “Tu m’accompagnes ?” ou “Veux-tu m’accompagner ?” Il a ordonné : “Tu m’accompagnes”.

J’ai failli ajouter un poing d’exclamation.

Bien entendu, Môssieur Nour va reprendre sa tournée... Parce que Môssieur Nour effectuerait une visite hebdomadaire de l’établissement ? Se prendrait-il pour un grand ponte en mal de blouses blanches trottinant à sa suite pour recueillir ses appréciations ? Mais oui, tout de suite, je rapplique, j’accours, j’obéis.

Et s’il ne plaisantait pas ?

Aucun humour ne brillait dans ses yeux noirs, pas même la lueur d’un demi-gramme.

J'ai soudain eu l'impression que Nour se voyait médecin.

De deux choses l'une :

Soit la trop longue fréquentation de la résidence et d'une mamie bien atteinte lui a tapé sur le cerveau. Ne dit-on pas que la démence est contagieuse. Gare à celui qui ne se protège pas suffisamment, s'attache trop aux malades et oublie de mettre des distances.

Soit Nour, en tacticien rusé, cherchait à m'éblouir, m'épater, me captiver, m'émoustiller, en trois mots : à me plaire. Je comprends mieux le choix du poème à l'eau de fleurs d'oranger, car je reste persuadée qu'il a perçu ma présence avant de le réciter. Ainsi, je serais, à ce stade de mon développement, “une rose en bourgeon bientôt prête à répandre ses senteurs florales et à partager les recoins de miel de son corps émergeant de l'enfance”.

Tout doux, mon ami. On se calme.

En conséquence, je l'ai suivi. La curiosité est un moteur puissant.

T'ai-je dit, Hasna, que Nour était beau ?

Insupportable, mais orientalement beau.

J'en ai eu pour mon argent.

Nour s'est engouffré dans l'ascenseur et dans un délire verbal. Il usait du pronom “nous” avec majesté : les spécialistes, dont lui, reconnaissaient que les médecins se sentaient démunis face à une maladie qui soustrait le langage. Comment approcher un humain sans langage ? Nour, à défaut de trouver mon regard, interrogeait les parois de la cabine. Ma crainte se confirmait : on était malheureusement dans la première hypothèse. Nour déraillait et présentait un syndrome mimétique sérieux. Il se prenait pour le médecin-chef. Il soliloquait :

- On nous confie désormais des gens qui ont franchi le palier des troubles graves du comportement. Tout notre travail préalable qui partait d'une analyse du "dire" nous a été enlevé. Finie l'époque où nous pouvions affiner nos interventions par les résultats d'interrogatoires. Nous nous sommes retrouvés le bec dans l'eau. Le psy rend les armes dès qu'un malade ne peut plus répondre à un test. Allions-nous être réduits à la mission d'entretien des corps jusqu'au dernier matin ? N'y avait-il pas une autre attention à porter à nos patients ? Nous ne pouvions nous résigner à pratiquer une médecine "vétérinaire", intuitive, louable, mais approximative dans l'interprétation des manifestations de la douleur. Tout naturellement, le recours à l'art-thérapie, à la musique et aux ateliers relationnels s'est imposé dans cet établissement. Que risquions-nous ?

Nous marchions à grandes enjambées dans le couloir qui menait au *cantou* des Kiwis. Nour argumentait comme s'il répétait un discours inaugural.

- J'insiste sur ce point : la démence nous détruit si nous ne montons pas une équipe pluridisciplinaire pour la prendre en charge. Nous avons affaire à des êtres dont l'image d'humanité est brouillée. Si nous n'imaginons pas des approches indirectes des malades, différentes des exigences productives de soins purs, nous sommes morts. Nous devons trouver sans cesse des idées qui bousculent l'équipe et la motivent. Ne pas tomber dans la facilité. S'intéresser au sens de la vie quand, justement, on pense que la maladie l'a balayé. L'accompagnement de ces démences "évoluées" consiste à gérer l'échec médical...

A2468B. Code des Kiwis.

- Clara, tu me suis ?

- Oui, à pied.

J'avais beau faire : mon air renfrogné, mes remarques désobligeantes ne décourageaient pas Nour. Il continua sur sa lancée et m'annonça que le *cantou* des Kiwis présentait des cas intéressants qui illustraient l'effet de cascade engendré par la maladie. La maîtresse de maison et l'aide-soignante, la blonde Yolande et la tropicale Mouna, nous accueillirent avec effusion.

- Bonjour Clara ! Ah voici notre bon docteur Flûte !

Nour parut moyennement content du titre : Docteur, oui, mais pas Flûte. On nous proposa brioche et glaces. Nour plissa le front devant de telles futilités : il n'avait pas le temps. (Mesdames, vous n'avez pas vu qu'il était occupé à éclairer la lanterne d'une niaiseuse). Après la tournée, ce ne sera pas de refus. Les filles ont ri de bon cœur, sans méchanceté. Elles connaissaient les manies du docteur Flûte. Elles l'aimaient bien. Ses visites régulières et ses talents de musicien ravissaient les pensionnaires. Alors tout était pour le mieux. Mais trêve de bavardages, Nour me tira par le bras jusqu'au fauteuil d'une dame forte, coquette, peignée avec soin, généreusement maquillée, somnolant devant un coloriage à peine entamé qui représentait deux ours en maillots brésiliens se disputant un ballon de foot, encouragés par des minettes excitées et travesties en *pom pom girls* (toujours les mêmes clichés, même dans les albums pour gamins, on n'en sortira pas !) Nour toussa. La dame endormie souleva les paupières.

- Comment allez-vous, chère Madame ?

Le docteur Flûte appliquait ses principes de précaution : voix douce à la limite du murmure, main de velours posée sur l'avant-bras. La dame maquillée cligna des yeux. Elle fit l'effort d'un grand sourire et répondit en détachant chaque syllabe comme si elle mâchait les mots :

- Je ne peux pas dire que je vais littéralement bien, mais je me sens à l'aise quand je suis avec vous. Et toi, comment ça va, mon chéri ? Et qui est cette jolie poulette ?

Principe numéro un : ne pas contredire les malades.

- La jolie poulette s'appelle Clara et elle vous salue, Madame ?...

- Barthez. Comme le gardien de l'équipe de France, le champion du monde.

Ah, me dis-je, voici une dame respectable informée de la vie des stades. Je ne croyais pas si bien penser. L'évocation de son nom liée à celle du gardien des Bleus au siècle dernier déclencha un long monologue sur ce héros chauve qu'elle adorait au point de l'appeler aussi son chéri. Elle le croyait toujours chantant la Marseillaise avec l'équipe de France, si beau et irremplaçable dans les cages. Elle se vanta de posséder deux posters géants placardés sur les murs de sa chambre. C'est alors qu'elle me serra le bras et planta ses yeux humides dans les miens :

- Fabien, je l'aime sous toutes les coutures. Chaque fois qu'il sort des vestiaires, il me fait signe. Je suis sacrément frissonnante quand il rentre sur la pelouse. Tu sais, ma poule, qu'ils ne jouent pas si je ne regarde pas le match.

- Qui ne jouent pas ?

- Les Bleus !

J'acquiesçai, impressionnée par la puissance magique de Madame Barthez. Elle tira le pan de mon maillot pour m'inciter à me pencher. Elle reprit ses confidences sur un ton plus bas :

- J'ai entendu dire que Fabien voulait partir jouer en Angleterre. J'ai peur qu'il nous quitte. Vous me le diriez si c'était le cas? S'il s'en va, c'est désolant...

Elle paraissait si malheureuse à cette idée que je la rassurai sincèrement. Nour écoutait l'échange en expert, classant les informations, analysant les indices de la confusion. J'appris ainsi qu'elle s'appelait Fabienne Chapuis, mais que, souvent, elle confondait son nom avec celui de son idole.

Nour, le visage tendu par une profonde réflexion, m'attira vers un tableau noir d'école où Maguy, l'art-thérapeute, avait coutume de dessiner à la craie des scènes d'actualité. S'étalait l'image estivale d'un jardin d'Éden avec cascade, rivière, iris d'eau, pommier épanoui, plus Ève vêtue d'un kimono s'abritant de l'ardeur d'un soleil rouge pomme sous une ombrelle japonaise... J'ai eu le temps de me dire : Tiens, pas de trace d'Adam en tenue de Samouraï, ni de serpent en armure d'écailles. Pour une fois, on est tranquille sans ces deux balourds. Enfin le paradis! C'était compter sans Nour qui me prit par l'épaule pour m'imprimer des données fondamentales : ce que je devais savoir sur la maladie pour mieux profiter de mon séjour. De mon été en Alzheimer. Nour s'était mis en tête de faire mon éducation. Il me parlait à deux centimètres de l'oreille pour que ces notions compliquées pénètrent bien mon cerveau (de poulette). Je devais d'abord retenir différents types de mémoires. Primo, la mémoire "épisodique" dont dépend l'orientation dans le temps et l'espace. Deuxio, la mémoire "biographique" qui contient l'histoire personnelle. Tertio, la mémoire "sémantique" qui conditionne le défilé des mots en bon ordre. Quand celle-ci fait faux bond, le malade glisse un mot à la place de celui qui a sauté dans le vide-ordures. Exemple : Pouvez-vous me prêter votre manteau pour aller plus vite ? Je vais enfiler mon vélo car j'ai un peu froid.

- Tu comprends ?

Ô combien ! Ça fait seulement sept ans que Papy s'est fait harponner par la maladie d'A., dont quatre passés à la maison. Mais ne contrarions pas l'instructeur. Docteur Flûte m'a ensuite dressé l'inventaire des troubles qui, de barreau en barreau, formaient l'échelle de la descente en démence. Après avoir ressenti une désorientation temporo-spatiale, marquée par l'oubli de sa date de naissance, du jour de la semaine, du lieu où il se trouve, le malade subit des troubles du langage. J'engrange un terme redoutable qui mérite bien une majuscule : Aphasie. À ce stade, les mots vulgaires n'en font qu'à leur tête. Le malade leur court après avec un filet à papillons, mais, découragé, il les remplace par d'autres. Nous venons de le voir dans le paragraphe précédent. C'est l'art désespéré de la périphrase : dire de façon détournée ce qu'on n'arrive plus à exprimer directement. Un jour, les mots désertent pour ne plus revenir. Ils migrent comme des oiseaux et laissent l'esprit en morte saison. À jamais.

- Ensuite l'Apraxie.

J'ai sifflé :

- Que de mots savants, Docteur Flûte !

Nour soupira :

- Le vocabulaire scientifique console et protège le médecin.

My goodness, où va-t-il chercher ses réponses toutes prêtes ?

- Alors l'Apraxie ?

- Pour faire simple : trouble du mouvement. Exemple : ne plus pouvoir accomplir les gestes volontaires qui permettent de s'habiller. Et si je dis : Agnosie ?

Je ne dis rien.

J'estimais que Nour prenait un malin plaisir à me décrire les cases successives d'un infernal jeu de l'oie. Les malades avançaient à leur rythme. Inutile de lancer les dés. Certains pouvaient sauter des cases, mais l'ultime palier n°52 était commun à tous les joueurs. Fin de partie. Sa grand-mère avait de l'avance sur mon grand-père. Je pensais qu'il voulait me le faire payer : Regarde bien, on est déjà passé par là, Aphasie, Apraxie,

Agnosie... Ma grand-mère a traversé ces épreuves. D'autres l'attendent. Il y a du savon sur la planche et vous non plus, vous n'y échapperez pas. Crois-en mon expérience...

- Nous avons un beau cas d'Agnosie aux Kiwis. Viens !

Nour filait dans le couloir. Les portes des chambres étaient fermées. Va savoir pourquoi, Hasna, j'ai pensé à ces contes initiatiques où le héros erre dans des corridors sans fin alors qu'une voix murmure : Toutes les portes, tu ouvriras, la septième jamais ne pousseras !... J'eus peur.

- Ne crains rien, Eugénie Molin adore mes séances de flûte.

Nour entra dans la chambre d'une petite dame dont les yeux verts fixaient des prairies invisibles. Je me suis dit : ses yeux ont la capacité du caméléon ; ils captent la couleur de l'herbe sous la pluie. Elle était inerte, partie pour quelque part. Sa valise de lettres et de mots était planquée sous le lit. Ne servirait plus. Elle a tourné la tête vers nous et a gloussé un sourire sonore.

- L'Agnosie, commenta Nour, est un trouble visuel. À ce stade d'évolution de la maladie, le patient ne reconnaît plus ni les gens ni les choses. Ni son propre reflet dans le miroir. Il pourra prendre pour un être vivant, réel, le portrait d'une personne dans le cadre d'un tableau, et entamer une relation avec la peinture.

Eugénie, comme l'appelait Nour avec tendresse, s'était récemment mise à nourrir son propre reflet dans la glace. Elle avait soustrait des pots de yoghourt, de compote, et en barbouillait le miroir avec générosité. Elle prenait également soin d'affiches collées aux murs et s'inquiétait du sort des êtres photographiés. Elle les veillait avec conscience, comme une sentinelle, montait la garde, elle les protégeait. Il avait fallu couvrir les miroirs, ôter les posters.

Nour s'assit en face d'Eugénie, lui caressa la main en silence, puis tira la flûte de son gilet et joua. Les yeux verts cherchèrent la source des sons. J'oserais dire qu'ils humaient la bonne odeur musicale qui se répandait soudain. Eugénie ravie émit une traînée de O qu'expulsait sa bouche souriante. Les notes de la flûte se heurtaient aux carreaux de la fenêtre fermée comme autant d'oiseaux messagers incapables de trouver le cœur des humains. Là-bas, très loin dans le pays de ses ancêtres que Nour ne connaissait pas, les hommes avaient un talent égal à jouer de la flûte et à tuer. Les mêmes doigts couraient délicatement sur le roseau et actionnaient les gâchettes. Ici, Nour enchantait une vieille femme qui avait fini de livrer bataille ; elle avait trouvé un champ de refuge, et le chemin pour la rejoindre s'était effacé derrière elle. Même ses pas avaient été avalés par la poussière. Parfois, ceux qui la saluaient d'une caresse, d'une chanson, croisaient l'ombre de son rire.

Dans la chambre d'à côté, un homme se mit à crier. La mélodie de Nour avait traversé la cloison et percé son isolement. Docteur Flûte se leva et, sans cesser de jouer, sortit de la chambre d'Eugénie. Je n'avais qu'à le suivre. Nour me refaisait le coup du joueur de flûte d'Hamelin. J'étais captive de la musique, comme dans le conte.

- Monsieur Antoine souffre d'hallucinations. C'est une situation différente. Nous plongeons dans la catégorie des troubles psychiatriques. Tu dois voir et savoir.

Bien, si Nour le disait.

Il frappa à la porte, demanda à Aziza la permission d'entrer. L'infirmière tentait d'administrer un cachet de morphine à un petit homme au visage poli comme un caillou luisant. Il geignait avec une voix de bébé. Avant de refaire ses pansements, il convenait de ligoter la douleur.

- Le quatorze juillet est passé, Monsieur Antoine, mais nous, tous les jours, on fête la prise de la pastille !

Le vieux bébé dodelinait de la tête. Aziza finit par trouver sa bouche. Le cachet fila dans le gosier. Monsieur Antoine déglutit et, soudain, de sa gorge libérée monta une litanie. C'est le mot. Gros Robert affirme qu'une litanie est une longue énumération, une répétition ennuyeuse et monotone (de plaintes, de reproches, de demandes). La morne chanson de Monsieur

Antoine ressemblait à ces comptines absurdes de l'enfance où un bout de ficelle tire la selle d'un cheval, cheval de course, course à pied, pied de cochon, et compagnie... J'adorais ça étant petite. Monsieur Antoine m'offrait ce matin un récital, un feu d'artifice. La première surprise passée, je me jetai sur mon carnet et notai frénétiquement ce délire verbal d'un homme qui passait le passé à la moulinette de son angoisse. Il crachait des souvenirs hachés comme un steak tartare, additionné de plaintes, de reproches et de demandes. Me semblait-il.

Ma maman est morte
je pleurais
je mangeais
moi je dors comme je dors
pas plié
pas payé
je peux pas rire
je vais crever
ma maman est morte
un instant plus tôt
je disais
quand je serai grand
je peux pas dire
ravioli
rabelais
j'ai payé
ma maman est morte
...
Je rêvais
j'ai volé
je pleurais

la forêt
pas le nez
je pleurais
carrément
carrelet
t'as pas compris
je m'en vais
je jurais
j'aurais jamais
je suis français
comme tous les Français
je mourrai
tant pis
...
Carré t'as pleuré
ta purée
tu pourras
t'en fais pas
et maintenant
je suis là
tu pourrais dire merde
j'ai rêvé t'es crevé
t'es pourri
je voulais pas dire ça
je peux pas dire ça
j'ai pas peur du loup
bravo.
...
Pas prié
pas payé
marié
mon Dieu, que le monde est mauvais
si j'avais su en ce temps-là
t'as pas peur du loup
si, t'as peur du loup !

tant mieux
j'ai rêvé
je peux pas dire non maintenant
pas payé
et maman
non non non
t'en fais pas
je me moque
j'ai payé
j'ai menti
je suis Russse
c'est pas vrai
tu m'as connu pas vraiment
ola la
je suis crevé
payé, pas rayé
je m'en fous
je peux pas rire ce soir
c'est fait
c'est pas vrai
tu t'en souviendras plus tard
j'ai perdu mon calot
pas vrai
tu m'auras
mon calot
bravo.

J'étais sensible à ce drôle d'assemblage de mots. Cette plainte poétique ressemblait aux tableaux libres de l'atelier peinture. Une débauche d'images balancées sans retenue.

- Du pur Dada !

- Du pur quoi ? réagit Nour.

- De la poésie dadaïste, surréaliste, obsessionnelle et sans frein.

Pour une fois, c'est moi qui expliquait.

La machine était lancée. La voix gémissante nous courut après, tout au long du couloir, comme une meute de regrets lâchés à nos trousses. À ce moment-là, nous étions presque complices, Nour et moi, réunis par l'aventure. J'aurais volontiers cédé à l'admiration. Et même un peu plus. Je reconnaissais que Nour était doué d'une mémoire exceptionnelle qui lui permettait de graver aussi bien des poèmes sacrés que des données complexes sur le cerveau. Chapeau ! Quel âge pouvait-il avoir ? Pas un milliard d'années de plus que moi. En revanche, sa conviction d'être un génie décourageait mon effort de sympathie. J'eus le tort (la maladresse) d'une question mal posée, du style : Tu t'entraînes à la médecine pendant que les autres font du foot ? Nour avait jusque-là enduré mes piques d'humour, mais, à présent, en fin de tournée, il pensait que ma conscience avait pris du poids. Erreur de jugement : je barbotais encore dans la futilité. Il s'arrêta net.

- Quand tu pars visiter un pays, tu ne prends pas la peine d'apprendre les rudiments de la langue locale ? Tu ne cherches pas à te documenter ? Tu penses que jouer aux cartes avec ton grand-père suffit à comprendre ce que tu vis ici ? Tu accomplis ta bonne action de l'été. Tu te conduis en bonne fille, tu tends la joue, on te fait des bises, t'es contente, tu roucoules et tu passes à côté de la réalité. Ici, c'est un territoire avec un peuple, des langages, des codes d'échanges, des modes de communication appropriée aux mains, aux yeux. Pour participer, il faut apprendre, faire preuve d'exigence et de sensibilité. Qu'est-ce que tu cherches ? Une bonne note de dissertation pour l'exercice de rentrée : raconter votre été. Tu te comportes en touriste, semblable à ces millions de déplacés européens qui trimballent leurs préjugés en bandoulière sans s'intéresser aux cultures qu'ils consomment.

Houlala ! Petite phrase, grands effets. Je me ramassais un orage équatorial sans parapluie. Et ce n'était pas fini.

- Oui, j'ai programmé *Google Alerte Alzheimer* sur mon Mac et je reçois des informations en rafale sur les progrès de la lutte contre la maladie. Oui, ça me passionne. Oui, je veux comprendre comment se forme le peptide amyloïde beta, comment il s'agrège en plaques amyloïdes (du mot amidon), comment et pourquoi ces plaques déclenchent la mort des neurones, processus considéré comme la base de la maladie d'Alzheimer.

- Pouce ?

- Non. Tu t'en moques peut-être royalement, mais il existe une différence fondamentale entre le cancer et les maladies neuro-dégénératives.

Dans un cancer, les cellules prolifèrent et oublient de mourir. Dans une maladie comme celle d'Alzheimer, les cellules meurent trop tôt. Comprendre les mécanismes de la mort cellulaire est donc la clé indispensable pour pouvoir soigner ces maladies. Je viens de lire tout un article sur des recherches en cours...

- D'accord, mais tu me gonfles avec tes allures de faux médecin prétentieux. Tu frises l'intolérance. Laisse-moi vivre.

J'ai vu passer dans les yeux de Nour la zébrure d'un éclair. Que ma stupidité soit foudroyée ! Décidément je ne pigeais rien à rien. J'étais bien comme les autres.

La voix de Nour est devenue lente et lourde. Oui, il voulait devenir médecin. Et il avait de bonnes raisons pour cela. Celle qui était née sous la lumière douce de la bonne étoile et dans un pays au ventre mou (vlan, c'était pour moi) grandissait sans courage. Lui avait vécu sous l'aile de sa grand-mère. Sa grand-mère était désormais pauvre et ravagée, comme le pays d'où elle venait. Elle avait perdu la tête, comme le pays d'où elle venait. Elle avait été brillante et secourable, comme le pays d'où elle venait. Elle avait été la femme qui tenait dans ses bras les plus faibles, les démunis ; elle était devenue celle qu'on soutenait, même pour pisser. Le pays d'où elle venait était désormais envahi, ligoté, assisté, sous contention. Et pourtant le pays d'où elle venait avait été un jour la tête brillante du monde. Les pensées y avaient prospéré et s'étaient croisées : le mazdéisme, le bouddhisme, les croyances grecques, le soufisme, pur joyau de l'islam... La tolérance avait fleuri.

- Oui, je sais tout cela ! rugit Nour.

Le pays d'où sa grand-mère venait avait perdu la mémoire. Des humains semblables à des cellules dégénérées avaient semé la mort, effacé les traces du passé, étouffé la beauté, pilonné leurs propres villes, saccagé les musées, dynamité les statues de la tolérance, écrasé les femmes, assassiné l'espoir. Mais lui, Nour, qui portait la lumière dans son nom, travaillerait à guérir son pays. Pour venger sa grand-mère. Parce qu'elle avait prise, par contagion, la maladie de ce pays, la maladie d'A., la maladie d'Afghanistan.

- Et ce n'est pas possible qu'une fille comme toi ne ressente pas ça, ne comprenne rien.

Nour m'a tourné le dos.

Désemparée, la gorge serrée par l'amorce d'un sanglot, je lui ai tiré la langue.

La porte a claqué.

10

Hasna, dans une semaine, tu me rendras mes parents, je te rendrai ta chambre. C'était prévu. Les bons trocs font les bonnes amies. Tu auras passé un mois au bord de la mer. Moi aussi. Ça t'étonne ? Moi aussi. C'est pourtant simple : Grand-père peint des marines depuis son entrée à l'atelier d'art-thérapie. Oui, depuis son premier tableau, interprété comme "la carte des dix îles du Cap-Vert", il raconte une histoire étrange à base de vagues, d'île et de voilier, de volcan et de croix, de poissons énormes et de bateaux tout petits, de requin à casquette, puis de requin à casquette et encore de requin à casquette... Le requin revient maintenant à chaque séance. Il a dévoré tous les autres motifs. Seule la couleur de sa chemise change. Car ce poisson, dont Papy dessine les dents tranchantes, porte des chemises colorées, la première jaune, la seconde rouge et la dernière en date, rose. Et des casquettes assorties à la chemise. Ce n'est pas banal, je te l'accorde. Grand-père peint vite. Il exécute deux toiles par séance. Il ne se soucie guère des détails. Son poisson est gros, bouche ouverte et, fait curieux, dans une position verticale, dressé comme un dauphin à qui le moniteur va lancer une gourmandise. En fait, je dirais plutôt, droit comme un humain en embuscade. Son poisson habillé a une attitude de bipède dont la queue reposerait sur le sable sous l'eau. Une sorte de sirénien pas très sympathique, si je me permets ce commentaire. Un gangster à gueule de requin : ce qui d'après Gros Robert constitue un pléonasme. Maguy a bien essayé de le faire parler, de le pousser à une interprétation. Il a répondu :

- Vous savez nager? Il faut. Moi, j'ai pas...

Raté! Nous tendions l'épuisette sous ses lèvres, le mot n'est pas sorti.

Je ne peux m'empêcher de penser à la disparition en mer de ma grand-mère. L'obsession du requin serait-elle liée à la noyade de Carla? Mais alors pourquoi un requin en tenue de plage? Je parie que c'est encore un coup tordu de son cerveau droit qui prend la relève de son gauche en pleine dérive. Maguy m'a expliqué cette division entre nos deux moitiés de cerveau : la gauche est la maison de la raison, la droite la résidence des émotions. Quand l'une analyse, l'autre pilote à l'intuition. Je t'explique : si je dois choisir l'attitude à adopter la prochaine fois que je rencontrerai Nour, mon cerveau gauche va peser le pour et le contre de midi à quatorze heures ; pendant ce temps, le côté droit aura déjà trouvé la solution en écartant intuitivement la plupart des possibilités en compétition. Tu me suis ? Moi aussi, je suis capable de faire marcher ma petite tête. Ma décision de ne pas partir en vacances et de consacrer un mois d'été à grand-père est un bon exemple : Jordi mon père a tenté de peser de tout son cerveau gauche pour me raisonner, mais j'ai balayé ses arguments d'un uppercut de mon droit, gonflé à bloc de puissantes émotions.

En définitive, si Grand-père peint des requins en chemise à fleurs, c'est parce que son cerveau gauche est largué et que le droit en profite pour faire la fête. Maguy appelle cela la théorie de la vache rouge : rien n'empêche un gamin de primaire, joyeusement libre, de donner à une génisse normande la couleur d'une auto de course italienne. Qu'il en profite bien lui aussi, ça ne va pas durer. Le collège va se charger de remettre les pendules à l'heure et les vaches à la bonne couleur. Plus drôle, toujours selon Maguy : la théorie de l'adolescent boutonneux. Quand un mec reluque la photo d'une femme à poil, son cerveau gauche envoie l'information : fille nue. Mais soudain, le droit s'active et toutes les émotions s'alarment : de grosses gouttes de sueur coulent sur les joues empourprées du voyeur, et son cœur joue du tambour vaudou.

Tout ça pour te dire que l'esprit de Papy vadrouille à présent en totale liberté.

Voilà où je voulais en venir.

Ses prouesses en peinture lui ont redonné une sorte de jeunesse. Comment traduire ce que je ressens ? Il a cessé de se plaindre pour un oui ou pour un non, accepte l'aide à la toilette sans façon. Il n'est plus bougon. Au contraire, il est avenant, prévenant. Il en rajoute. Il colle son dos au mur du couloir, balaie l'espace de la main, pour montrer qu'il laisse le passage à une dame et sa canne, ou à une infirmière et son chariot. C'est surtout avec les femmes qu'il fait le charmant. Avec les mots qui lui obéissent encore, il devient crémeux :

- C'est fou ce que vous avez des perles accrochées...

Ses phrases sans fin ne livrent pas le fond de sa pensée.

- Je vous prends pour une femme à mettre de côté...

Je vois rappliquer ses vieux réflexes de conquistador prêt à toutes les aventures pour atteindre l'Eldorado de l'amour. J'exagère, mais c'est ainsi que je le voyais, petite, en pantalon jodhpur, chapeau à larges bords, tranchant le serpent de la jalousie dans la jungle des passions impossibles : voici mon vaillant grand-père à la recherche de l'Arche perdue où repose depuis la nuit des temps le joyau du sentiment amoureux le plus pur, jamais atteint, jamais souillé. Clara et le syndrome d'idéalisation! J'en suis consciente. Tu t'es assez moqué de moi, Hasna. Eh bien, je te garantis que mon ego en prend un bon coup durant cet épisode estival, entre les reproches de Nour et l'indifférence grandissante de Papy qui ne fait plus grand cas de moi.

Ce matin, je l'ai trouvé occupé à danser. La sono du *cantou* diffusait un air de jazz, tendance be bop et, dans l'instant, mu par le ressort d'un souvenir, Serge Ernest Dunand s'est mis à exécuter un numéro de claquettes en tapant aussi dans ses mains. Dounia et Zohra ont d'abord trouvé ça drôle. Aziza, en tournée de distribution de pilules, aussi. Tant qu'aucun pensionnaire ne proteste par un grand cri sauvage contre ce tapage, un intermède de gaîté ne se refuse pas. Sur sa lancée, Papy invita à danser une résidente, un peu branlante, mais pas trop. Il la saisit par la taille et l'entraîna dans un exercice vigoureux, collé serré frotté, qu'il avait dû pratiquer aux Antilles, lors de soirées épicées. Là, les soignantes ont pris peur, car l'enthousiasme revenant, le couple de danseurs valsait d'une manière désordonnée et risquait de valdinguer. Papy riait et criait :

- Ah Carla, Carla, Carla!... Tralalala...

Aziza, Dounia et Zohra, ignorant nos affaires de famille, me jetèrent un regard interrogatif, avant d'arracher la cavalière des bras de grand-père qui, miraculeusement, s'affala sur une chaise. Et là, essoufflé mais content, il tapota la main de sa partenaire en susurrant Carla avec un air énamouré (Gros Robert et moi apprécions ce mot démodé pour dire langoureux). La jolie vieille dame ne semblait pas contrariée le moins du monde par cet assaut sportif et langoureux. Limitée dans son expression, elle répondit à Papy par un éloquent sourire de petite fille conquise.

Bon.

Moi qui pensais lire de la poésie à Papy ce matin, je réalisai que je comptais pour du beurre. J'ai été sauvée par l'irruption de Fanny, psychomotricienne. Elle venait chercher le turbulent monsieur Dunand pour une heure d'exercices de préhension, mouvements et relations aux autres.

J'ai demandé à participer.

Accordé.

Papy ne lâchait plus sa danseuse. Il la prit par le bras et imposa sa présence à Fanny.

Accordé.

Chemin faisant, grand-père, flatteur, disait à sa “conquise” qu'elle avait de belles allumettes enflammées et un regard à passer de l'autre côté… Fanny chercha à reprendre la direction de la conversation. Son atelier était un espace d'attention à son voisin ou à sa voisine, mais pas un club de rencontre.

- Alors Monsieur Dunand, comment allez-vous ?

- La mer est calme !

(selon sa formule consacrée)

- Vous me voyez rassurée ! Pas de tempête annoncée ?

Fanny maniait l'humour avec dextérité.

(Elle est grande et alerte avec des grappes de cheveux bouclés qui tombent sur ses épaules. Une allure d'ange qui peut d'une chiquenaude terrasser un dragon)

Elle en imposait à ce remuant monsieur Dunand qui répondit docilement :

- Les bateaux vont en zigzag. Ce n'est pas pour les couler, ils vont chercher du secours.

Grand-père assurait le bulletin météo avec le plus grand sérieux.

- Et si la tempête se lève ?

- Il faut fignoler tout. C'est plus de notre force…

- Très bien, Monsieur Dunand. Nous sommes arrivés sans encombre. Dans quel port ?

- Dakar. Mon bateau y a séjourné.

- Parfait. Bienvenue à Dakar ! Prenez place à côté de votre inséparable amie Félicie. Toi, Clara, assieds-toi en face de moi. Nous allons disposer nos invités en cercle entre nous deux.

Ainsi la dulcinée de Papy s'appelait Félicie.

Elle était nouvelle aux Mirabelles. Récemment, elle avait pris la place d'un disparu.

(J'apprends à accepter de prononcer les mots défunt, décédé, disparu).

La ronde comptait une dizaine de participants venus de tous les *cantous*. Fanny demanda à un membre encore agile avec les chiffres de nous compter.

- Huit !

- Huit ou dix ? insista Fanny.

- Huit heures dix ! répliqua l'espiègle mamie.

Fanny pétrissait un petit ballon bleu.

- Comme la planète terre vue de la lune.

Elle demanda de le faire circuler, de le passer à son voisin. Serge Ernest Dunand le transmit à Félicie avec la mine réjouie de celui qui offre une surprise à sa promise. Cela me faisait bizarre de voir mon grand-père géant impliqué dans une ronde (un peu) enfantine. En plus, il m'énervait avec ses minauderies (Gros Robert parle d'une personne qui manque de naturel en voulant plaire. Nous sommes du même avis, le dico et moi, encore une fois). En fait, l'exercice n'était pas évident pour tout le monde. Certaines dames gardaient le ballon contre elles, se demandant ce qu'elles pouvaient bien en faire. D'autres le cajolaient comme si elles caressaient leur ventre de femmes enceintes. La maladie colle des œillères, rétrécit le champ de vision, élimine la présence des autres. Je comprenais mieux le sens de l'atelier. Quand Fanny proposa de lancer le ballon, avec rebond, “à qui vous voudrez”, la partie devint carrément comique. Les mamies poussaient des petits cris de saisissement à la réception du projectile bleu, et des gloussements en le renvoyant. Je riais aux éclats. J'étais dans une cour de récréation pour enfants d'un grand âge qui battaient des pieds et des mains. Fanny introduisit dans le cercle une énorme boule en plastique transparent, mou et doux, dans laquelle il fallait shooter pour s'en débarrasser. Le gros globe s'écrasait contre les poitrines, rebondissait. On le prenait en pleine poire. Les visages alors s'animaient, reflétant ahurissement ou contrariété. C'était le but recherché. Les jambes s'agitaient pour réexpédier la bulle dans la stratosphère. Excellent pour la motricité. Un remède contre l'immobilisme, pour la vitalité.

Fanny varia les plaisirs. Elle sortit un parachute de la caisse des accessoires, une grande bâche multicolore. Elle la déploya. Chacun de nous l'agrippa.

- À trois, tout le monde soulève ! avertit Fanny.

À trois, la toile s'éleva comme une montgolfière, soufflée par de nouvelles quintes d'étonnement. Et c'était beau à voir ce drap qui devenait ciel de tente ou mer ondoyante. Je me suis dit : Je participe à un laboratoire d'énergie. Grand-père n'en manquait pas. Il faisait le mariole en secouant la nappe plus haut que les autres, poussant la *Ola* des stades de foot, tout en complimentant Félicie :

- Vous avez des mains formidables !

Félicie passait un beau moment. Cela ne lui était pas arrivé depuis longtemps. Mais qui pourrait donner la mesure de “longtemps” ? Elle étouffa une petite culpabilité :

- Oh la la, qu’est-ce qu’on se marre. Heureusement que la porte est fermée !

Elle ajouta :

- Les enfants s’amusent, les nourrices auront du bon temps.

Papy renchérit :

- Il n’y a pas de pays où l’on rigole mieux que sur terre !

Ces deux-là filaient la meilleure entente.

On lança des anneaux au cou d’une quille, puis dans une caisse. Pour stimuler l’adresse. On rattrapa les anneaux avec un bâton. Comme à la kermesse de l’école quand Papy me payait des tours de pêche aux trésors. Je gagnais un sifflet, une bague en laiton, une auto plus que miniature. Aujourd’hui, c’était lui qui se croyait à une fête de fin d’année ; il pêchait dans un aquarium imaginaire des petits cerceaux en plastique coloré. Il y mettait un entrain qui allait soit décupler son appétit, soit le plonger dans l’apathie (Gros Robert égrène tout un chapelet de synonymes : engourdissement, indolence, inertie, passivité, résignation). En raison d'un risque de dépense d'énergie excessive, l'atelier ne pouvait dépasser une heure. Fanny leva le bras :

- Stop! On s'arrête.

Papy, déçu, lâcha un commentaire :

- Cette jeune fille relève les passages...

Il ne se résignait pas à abandonner sa pêche miraculeuse. Fanny le provoqua en duel avec un bâton pour lui faire entendre raison. Alors, il pressa ses mains contre sa poitrine et déclara :

- Attention à ce que vous faites. Vous ouvrez ça...

Il montrait son cœur.

11

Une nuit, j'ai rêvé à Nour. Et dans mon rêve, Nour m'appelait. Il me tendait la main. J'étais contente, il avait besoin de moi, mais il me demandait de courir plus vite. J'étais déçue, parce qu'il recommençait à me donner des ordres. Cependant, son visage avait perdu l'arrogance qui m'irritait. Il était tendu, inquiet, consolable. Nous courions à travers une ville inconnue. Les maisons, sans profondeur, se limitaient à des façades incendiées. Des agneaux bêlaient, abandonnés dans des jardins aux murs écroulés. Nour serrait ma main trop fort. Je ressentais une vive douleur et une impression agréable à la fois. Des sirènes avertissaient la population d'un danger imminent. Mais nous étions les seuls êtres vivants à hanter les rues. Nour cherchait une maison. Il n'était pas sûr qu'elle existât encore. Il nous fallait la trouver avant que la menace ne nous barre la route. Quelle menace ? Je me souviens d'une chaleur d'incendie. Nour ruisselait de sueur et moi, j'avais froid. Il réclamait mon aide sans préciser pourquoi. Il disait : Je suis sûr qu'elle était là ! Il s'est agenouillé près d'un petit tas de cendres. Il a filtré la poussière entre ses doigts. Et il a murmuré, en versant la cendre de plus en plus haut comme Hadria verse le thé pour le faire mousser : J'ai habité ici...

Il pleurait.

J'avais en me réveillant comme du sable entre les paupières et un goût de mauvais présage en bouche.

En arrivant aux Myosotis, j'ai su. La grand-mère de Nour avait disparu.

Je n'y croyais pas. Dounia a répété :

- Oui, disparue.

Elle avait réussi à ouvrir la fenêtre fermée de sa chambre, à traverser une terrasse habituellement inaccessible et à passer par-dessus une haie de thuyas. J'ai balbutié, incrédule :

- C'est impossible sans l'aide de la magie...

Dounya et Zohra ont confirmé : elle a tiré sur sa fenêtre et l'a sortie de ses gonds.

- Oui, c'est possible !

La maladie d'Alzheimer permet parfois de dépasser les limites de la normalité. Ce qu'une personne dite sensée refuserait d'envisager (démonter une fenêtre condamnée), un patient désinhibé va l'entreprendre sans se poser la moindre question. Il ne doutera pas un instant de ses capacités. Et la grand-mère de Nour l'a fait : elle a faussé sa fenêtre pour nous fausser compagnie. Elle a enjambé une barrière d'arbustes dont la hauteur dissuaderait n'importe quel candidat à l'évasion, même entraîné dans un club d'athlétisme. Et elle a sauté dans la rue. Tout simplement. Elle n'a pas réapparu. Des recherches ont été lancées.

- Avec les hommes, c'est plus facile. Quand ils fuguent, on les retrouve au bistrot. Les femmes, elles, n'ont qu'une idée en tête : suivre le chemin qui retourne chez elle.

J'ai soupiré :

- Peut-être s'est-elle mise en tête de retrouver sa maison, dans son lointain pays ?

Je pensai à mon rêve, à la maison détruite, réduite en cendres. J'ai frissonné. Dounia a annoncé :

- Nour est dans tous ses états. Il t'attend.

- Il m'attend ? Moi ?

- Oui, toi.

Nour cachait son anxiété au sous-sol.

- C'est à cause de l'orage d'hier après-midi. La violence du tonnerre. Elle a cru à une attaque aérienne. Il paraît qu'elle a couru se terrer dans sa chambre, sous une couverture, et qu'elle s'est mise à trembler. Rien ne pouvait la rassurer. Elle a craché les calmants. Ce matin, on a trouvé sa fenêtre arrachée.

Nour avait déjà fait trois fois le tour de la ville. Il était en sueur, comme dans ma vision. Et moi, je me sentais glacée jusqu'aux os. Je n'ai pas l'habitude d'avoir des prémonitions. Nour était penché au-dessus de la table de Baby-foot. Dans cette position, les manettes lui entraient dans le ventre. J'avais mal pour lui. Il triturait la boule blanche et dure comme s'il contemplait la balle responsable du meurtre de son pays, de l'égarement de sa grand-mère, et de sa propre souffrance.

- Tu veux bien m'aider à la chercher ? Seul, je n'en ai pas la force.

Nour ne me regardait pas.

- J'ai peur de la perdre.

Il gardait les yeux baissés vers la pelouse en bois de la table de jeu.

- Toi aussi, tu es courageuse, mais je ne sais pas comment te le dire.

Je cachai mon trouble en essayant de le rassurer :

- Tu sais, elle ne peut pas s'être envolée.

Nour fit une réponse surprenante :

- Parfois, j'ai peur qu'elle en soit capable.

Nous avons visité les églises de la ville et fouillé les cabanes des jardins ouvriers. Nous avons grimpé à la lisière de la forêt et suivi les chemins de randonnée. Nour inspectait les traces au sol qu'auraient pu laisser des pieds légers dans la terre boueuse après l'orage. Nous avons longé la voie rapide, au-delà des limites de la ville. Sur les berges de la rivière, les promeneurs interrogés n'avaient pas croisé de mamie en survêtements, l'air égaré, les yeux bridés et les pommettes saillantes. J'avoue avoir ressenti un certain plaisir à me balader seule avec Nour. J'étais contente d'échapper aux murs des Myosotis, le temps d'une matinée, et de retrouver la liberté de l'été. À l'aide de son portable, Nour interrogeait son père qui sillonnait en voiture les routes du département, sondait chaque village, questionnait les chauffeurs routiers. Hadria nous renseignait sur la situation à la résidence : toujours pas de nouvelles ! Je regardai les nuages d'un œil suspicieux : Était-elle capable de s'envoler sur un tapis de flocons pour rejoindre ses orphelins, les agneaux bêlants entre les ruines, sa maison réduite en poudre, là-bas, en Asie centrale ?

Nous sommes rentrés à la résidence à l'heure de la sieste. Nous avons foncé aux Mirabelles, histoire de se rassurer sur le sort de l'autre aïeul, le mien. Avait-il accepté de bon gré mon escapade ? On entendait les voix de Dounia et de Zohra, en provenance des chambres. Elles prodiguaient de patients conseils aux passagers en partance pour l'aire de repos. Je cherchai grand-père et le trouvai dans l'instant. Je faillis m'étrangler de stupeur et Nour ne put s'empêcher d'appeler le divin à la rescousse dans une des langues de ses steppes :

- *Pak Khodaï!* Dieu tout puissant!

Livré à lui-même, en l'espace de quelques minutes, Papy avait bousculé toutes les chaises du salon et les avait rangées comme dans une salle de mariage, face au bureau du Maire. Puis, sans se rendre compte de notre présence, il guida Félicie au premier rang, lui soufflant à l'oreille que le vin d'honneur aurait lieu dans la cour après le discours du chevalier d'office.

- C'est un grand pont, aujourd'hui...

Félicie rayonnait et chantonnait :

- Oh oui!

C'est alors que Serge Ernest Dunand, mon grand-père, se retourna, sans doute pour guetter la venue de ses invités. Il nous aperçut et lança ses bras dans notre direction avec un enthousiasme réel :

- Les témoins sont là. La fête peut concentrer...

J'étais rassurée sur un point : mon absence ne l'avait pas affecté.

6 août.

Demain, Hasna, tu seras de retour, dans ta chambre. La nuit prochaine, je ne serai plus là, à ta fenêtre, à guetter le passage du sommeil. Depuis une semaine, je rate le camion benne qui, tous les soirs, enlève les soucis des habitants du quartier. Il circule sans bruit et personne ne s'aperçoit qu'il a ramassé les ordures de la violence quotidienne, les mensonges, les disputes, les jalousies, les mesquineries. Je l'imagine bleu nuit, avec des étoiles et le cercle d'une pleine lune peints sur le capot. Il serait conduit par l'équipe des réparateurs de désordres. Ensuite : Dormez braves gens, éteignez vos écrans, rêvez sur l'oreiller d'une vie d'émotions fortes et de paix profonde ! Hasna, j'ai inventé le camion du marchand de sable, et je suis la seule à ne pas profiter de ses services. Les lumières s'éteignent une à une. Les petits rectangles éclairés sur les façades des immeubles s'effacent. Et moi je reste là, plantée au bord de ta fenêtre à ressasser les derniers événements de mon été Alzheimer : la fin du feuilleton. La vie n'est pas plus belle pour moi après ce voyage. Elle est plus vaste, infiniment plus large, comme le pensent ceux qui ont franchi la ligne de l'équateur ou le Cap Horn. Moi, j'ai traversé une frontière à risques. J'ai poussé la septième porte, celle des mystères de l'existence qu'on a, dit-on, bien le temps d'apprendre. Plus tard. J'ai forcé le destin. Je l'ai voulu. J'aurais pu passer une année de plus, voire deux, arrimée à l'enfance. J'ai appuyé sur un étrange accélérateur et mon cœur s'est emballé.

Hasna, il me faudra du temps pour le calmer.

Mon cœur a vieilli.

Je ne suis plus la même.

Tu liras.

Je laisse le cahier sur ton bureau. Je préfère que tu en prennes connaissance avant de te revoir. Je vais devoir m'occuper sérieusement de Jordi mon père. Dès demain. L'aider. Il a accepté mon marché, de partir en Tunisie, de me laisser agir ici, parce qu'il devinait que je briserais le coffre des vieux secrets de grand-père. Il m'a fait confiance sans dévoiler son jeu. J'en suis persuadée.

Il ne m'a pas écrit de tout ce mois.

Il a pensé à moi tout le temps.

J'en suis sûre.

Je sais désormais pourquoi il a été privé de sa mère si longtemps.

Mais finissons dans l'ordre.

L'affaire du "mariage" de Papy et de Félicie a fait du bruit. Non, ce n'est pas ainsi. Aucune photo n'a été publiée à la une de la presse cancan et des journaux à ragots. Mais la famille de Félicie, sa fille et ses deux fils, ont mal supporté le retour de tendresse sur le visage de leur mère. Une tendresse qui ne leur était pas destinée. Ils ont surpris, un après-midi, Papy tenant la main de Félicie, et le visage de Félicie tourné vers celui de Papy. Elle était éblouie comme une petite fille en promenade dans le jardin des contes sucrés. Ils ont réagi et grondé : L'institution (Les Myosotis) a d'autres devoirs que celui de favoriser les liaisons amoureuses entre résidents. Cela ne rentre pas dans la convention d'accueil. Bref, ils ont fait un foin pas possible (réaction de saison vu que les moissonneuses vrombissent et coupent l'herbe à la périphérie de la ville). La direction a cédé malgré de vifs appels à la raison : Un petit coin de ciel bleu dans leur état vaut mieux que dix tubes de calmants. Ils ne font de mal à personne en se tenant par la main... L'argument est resté sans effet. La famille crispée sur ses principes a exigé la séparation des deux tourtereaux, coupables d'évasion sentimentale.

Et moi dans ce bazar ? Moi aussi, j'ai un mot à dire !

Est-ce que ça m'amuse de m'occuper de mon grand-père tout un mois avec dévouement plus abnégation et de finir invisible dans son regard ? Parlons-en des yeux de Papy ! Ils sont accaparés par une fiancée improvisée, une Félicie idéalement jeune qu'il confond avec sa femme disparue, avec Carla. Une fois de plus.

Non, ça ne m'amuse pas.

- Clara essaie de comprendre !

Hadria ta mère a senti l'urgence d'une cellule de crise.

- Tu vis toi-même cette situation. Le placement d'un être cher est un drame pour la plupart des familles. Il y a des filles pour et des fils contre, ou l'inverse. Un tas de problèmes non réglés remonte à la surface entre frères et sœurs. Les soucis d'argent aggravent la discorde. Des mots tranchants volent comme autant de couteaux, avec l'intention de faire mal. Mais, en définitive, trop c'est trop : le patriarche autrefois tant respecté fait honte ; la mère si intrépide avant est devenue une épave à dissimuler à tout prix. Alors on finit par se mettre d'accord. On accepte de placer l'aïeul ou l'aînée en résidence. On le cache. On la soustrait aux regards. On ne donne pas l'adresse de l'institution. On ne souhaite aucune visite des amis. Non, pas dans cet état. On fait des vœux pour qu'il ou elle meure vite, que ça s'arrête avant l'indignité, l'image inacceptable, la démence imprononçable. On formule des prières pour qu'il parte pendant son sommeil, qu'elle s'éteigne en douceur. Dans un premier temps, la famille nous "donne" le malade, à nous les soignants. Elle le rejette : On n'en peut plus, on n'en veut plus, on va souffler. Clara, nous nous méfions de l'amour fou que certains parents nous prodiguent à ce moment-là. Les relations trop chaleureuses sont suspectes. Cette attitude ne dure pas. Tout bascule quand les filles et les fils réalisent : Je n'ai plus rien, j'ai été dépossédé, je ne peux plus récupérer "mon bien". Est-ce que je suis allé au bout de ce que je pouvais faire pour lui, pour elle ? Ce dépit se transforme en hargne ou vire à l'agressivité quand l'être cher semble avoir retrouvé d'autres repères, sans eux, hors d'eux, et qu'ils sont relégués vers le statut d'étrangers. Imagine un père et une mère qui confient leur enfant à un internat et qui découvrent, au bout de quelques semaines, qu'il préfère ses copains à ses parents. C'est exactement ce sentiment qu'éprouvent les familles des résidents. Alors, soudain, elles nous retirent leur complicité, elles cherchent pailles et poutres dans le fonctionnement du centre, sèment la discorde dans notre équipe dans l'idée de récupérer leur malade. Voilà ce qui s'est passé avec les proches de Félicie, parce qu'ils continuent de se préoccuper du sort de leur malade, écrasés de douleur et rongés par un sentiment d'impuissance.

Félicie partie dans un autre *cantou*, Papy a réagi. Il s'est fermé, comme on dit d'une fleur qui reconnaît le crépuscule. Le dernier tableau réalisé dans l'atelier de Maguy représente un cœur éclaté plongeant dans l'océan comme le soleil couchant. Il n'y en aura pas d'autres. Grand-père a refusé hier matin de retourner peindre. Tout est dit. Il va désormais pouvoir sombrer, lui aussi, au-delà de la ligne d'horizon. Plonger. Abdiquer. Ne plus faire d'efforts. Ne plus faire semblant. Ne plus donner le change. Se réfugier dans le sommeil. Rester la bouche ouverte. Penser sans devoir parler. Regarder sans avoir à répondre. Crier à l'envi. Il a signé le tableau et ajouté une date sans rapport avec l'actualité. Une date que je connais trop bien : celle de la disparition de ma grand-mère.

Hier matin, au réveil, j'ai trouvé Papy debout en pyjama. Son air calme, son regard lointain m'ont impressionnée. J'ai jeté un rapide regard circulaire pour vérifier si tout était en place, si la fenêtre était fermée. Apparemment, rien ne manquait dans la chambre. Rien. Et puis, j'ai vu. Sur la table, gisait un bouquet de fleurs, et dans le vase rempli d'eau, nageaient ses timbres qu'il avait précipités un à un. Un vase plein de timbres noyés. J'ai éclaté en sanglots. Tous les pays du monde, toutes les images de mon enfance, tous les récits de Papy se retrouvaient sous le niveau de la mer, victimes d'un absurde raz-de-marée. Je pensai stupidement à la colle des timbres neufs dissoute dans l'eau brune des fleurs : ils n'avaient plus aucune valeur. Je pensai que je ne m'en remettrais pas. Grand-père, me voyant pleurer, a levé une main et a caressé sa propre joue pour essuyer des larmes qui ne coulaient pas. Il a murmuré :

- J'ai pas pleuré
elle est partie
pas noyée
partie
pas pleuré
je ne peux pas dire
partie
j'ai dit noyée
elle est partie
dans le bateau
Carla partie

sans moi
je veux tuer
tuer le requin chapeau...

Nour était là, derrière moi. Nour a tout entendu. Nour m'a serrée dans ses bras. Il a dit que maintenant Papy s'en irait. Quelque part. Que je n'y pourrais rien. Qu'il ne reconnaîtrait plus mes mains. Ou peut-être que si. Va savoir. Autrement. Qu'il fallait l'aimer très fort. Autrement. Tel qu'il était. Toujours aussi grand, mais un peu moins géant. Il venait de me livrer sa dernière histoire. Je pourrai déchirer devant Jordi mon père le rideau tiré pendant des années sur un naufrage inventé, sur une vague créée dans un bouillonnement de jalousie. Dans l'île déserte d'un archipel oublié, les contrôles de l'autorité sont loin, personne ne vérifie qui s'est noyé : une jeune femme ou l'orgueil d'un homme. On ne résistait pas à cet homme, mon grand-père, jusqu'à ce que Carla la trop belle, la farouche, l'indépendante, préfère un jeune requin à casquette à un aventurier fier et trop sûr de lui. Le requin à chapeau a emporté ma grand-mère. Ça s'est passé sans témoins au cours d'une excursion entre amis. Les amis de la veille se sont montrés les dents. Le jeune requin en avait de brillantes et coupantes. Le vieux loup dominant a perdu le combat, cédé la place. Il a perdu et cédé la femelle. Il est resté seul sur le terrain, abandonné sur l'île tandis que le voilier s'éloignait. Des pêcheurs l'ont recueilli plus tard, les lèvres fissurées par le sel et la langue amère. Interrogé, il a préféré mentir, déclarer l'irréparable, décrire un accident, avouer la noyade. La mer ne rend jamais le corps d'un mensonge. Celui de grand-mère Carla naviguait déjà vers d'autres continents, dans d'autres bras. Elle avait choisi une liberté coûteuse qui la privait de son fils Jordi à jamais. Grand-père est rentré seul en France avec un petit garçon maigre qui apprit à se taire, à ne pas poser de questions, à vivre sous le tronc d'un baobab foudroyé.

C'est ainsi que j'achevai la narration de la tragédie de Serge Ernest Dunand. Nour me caressait les cheveux et me laissait pleurer.

Nour a retrouvé sa grand-mère, assise, immobile, sur le banc d'un arrêt de bus. Aucun usager ne s'était inquiété, n'avait signalé la présence de cette petite dame sage. Elle avait bien le droit, après tout, d'attendre le car suivant, puis le suivant, pas celui qui monte à la chapelle des Bois. L'autre, celui pour l'Afghanistan. Elle était persuadée que le bus allait arriver, celui qui traverse la frontière, le désert et les hauts cols. Le bus qui la rapprocherait du téléphone. Elle avait quitté sa maison en grande hâte. Elle devait appeler son fils qui vivait dans ce pays France car, là-bas, on lui avait dit que son premier petit-fils était né. Le téléphone ne fonctionnait plus dans son pays à elle. Il lui fallait franchir la frontière, le désert et les hauts cols pour trouver un appareil. Elle payerait la communication avec ses économies. C'est sans importance. On ne compte pas quand on doit remercier Dieu pour la chance qu'Il donne. Ses louanges au Créateur et ses cris de joie parcourront le sous-sol de l'Asie pour parvenir en Europe à l'aide de ce tuyau sacré qui la relie à son fils, perdu dans ce pays France, inimaginable pour elle. Ensuite, elle reprendrait le bus et rentrerait chez elle dans la ville de poussière et de cendres où les nuits sont criblées de balles et où la lumière du jour naît voilée. Mais, ce champ de souffrance, malgré tout, c'était chez elle, et des enfants l'attendaient dans la cour. Son pays avait besoin d'elle. Elle devait nourrir ses orphelins de lait et de paroles de paix.

C'est ainsi que Nour acheva la narration du rêve de sa grand-mère assise à l'arrêt du car. Je n'ai pas caressé les cheveux de Nour. J'avais pourtant envie de le faire. Je n'ai pas pris la main de Nour pour la porter à ma joue. J'avais pourtant envie de le faire. Je n'ai pas proposé mes lèvres à Nour. J'avais pourtant envie de le faire. L'été n'était pas fini. Pas encore fini. J'avais trop de choses à retenir. Le temps m'échappait. Ce n'était pas juillet qui avait filé. C'était plus qu'un mois. Bien plus qu'un simple mois.

- Eh, Docteur Flûte, tu prends les bleus ou les rouges ? J'ai envie de jouer au Baby-foot. Et si je gagne…

- Et si tu gagnes ?
- Tu me donneras…
- Je te donnerai…
- Un baiser par but encaissé.

(j'ai gagné)

Bonne lecture, Hasna.

Bibliographie récente

Littérature pour la jeunesse

Tertium éditions
Tournoi dans l'Himalaya, coll. Volubile, 2009
La paix seulement, 2008
Le géant inconnu, coll. Volubile, 2005

Belin
Tanuk le maudit, 2007
Monsieur Poivre, voleur d'épices, 2005

Gallimard Jeunesse
La dernière colère de Sarabuga, conte, Gallimard musique, 2005
L'Arche d'Amor, Folio Junior 2005
La réserve des visages nus, coll. Page Blanche, 2000
Les loups du Val d'Enfer, Folio Junior 1999
Le coureur dans la brume, Folio Junior 1997

Magnard Jeunesse
Le Fantôme du bagne, Tipik, mars 2006
Le Vol du nez, Tipik 2004
Le signe de Saturne, Tipik 2004

Littérature adulte :

Tertium éditions
Planète Brasilia, coll. Pays d'encre, 2009
Sonate d'automne à Montréal, 2002 - Le Laquet
(diffusion Tertium éditions)

ACTES SUD

Coup de théâtre à São Tomé, 2007 ; *Prix littérature RFI 2008*

Lisbonne, dans la ville noire, 2003

Cap-Vert, notes atlantiques, 1997, Babel 2002

Le roi d'Afrique et la reine mer, 1994

FINDAKLY

Solstice Païen, fête de l'hiver chez les Kalash du Pakistan, 2007

LA PASSE DU VENT

Les lettres de Tombouctou et de Gourma-Rharous, 2006

Prise de Becs, 2003

Ana Désir, 1999

Bibliographie complète sur le site :

www.loude-lievre.org

Aux éditions Tertium
dans la même collection

une aventure dans un lieu imaginaire ou réel...

Rendez-vous avec Mélusine de Michel COSEM
Les chevaux du paradis de Michel COSEM
Tournoi dans l'Himalaya de Jean-Yves LOUDE
Le géant inconnu de Jean-Yves LOUDE
Les messagers du Grand Mammouth de Marcel MARSAL
L'île aux ailes de Marie MÉLISOU
La fille aux deux soleils de Stéphane MÉLIADE
La pierre des deux mondes de Michel PIQUEMAL

Collection Les Livres MAINS

L'éternité, mon amour ! de Christian GRENIER
Cette gloire à tout prix de François SAUTEREAU

Collection poésie
À la cime des mots

Conversation de l'arbre et du vent
de MARIE-JOSÉE CHRISTIEN
photographies JEAN-YVES GLOAGUEN

À cloche pied de CHANTAL COULIOU
photographies MAGALIE LAMBERT

Pumes tièdes du matin de MICHEL COSEM
photographies MARIE DEGAIN

Achevé d'imprimer par FRANCE QUERCY
en mars 2011

ISSN 1774-3796

ISBN : 978-2-916132-27-3

Dépôt légal 1er trimestre 2011

Tertium éditions

38 avenue Charles de Verninac - 46110 Vayrac
Tél. 09 62 03 18 96 - Fax 05 65 41 24 63
Courriel : contact@tertium-editions.fr
Internet : www.tertium-editions.fr